在座寫輕小說的各位，全都有病
10
圖・手刀葉
甜咖啡

在座寫輕小說的各位，全都有病 10

目錄

第一章　反叛的大英雄

幻櫻。

幻櫻……

幻櫻──

「呼……呼……」

於伸手不見五指的黑暗中，我自惡夢中驚醒，從床上坐起身來。看看時間，已經是凌晨三點。

才剛清醒，如潮水般的痛苦回憶立刻湧上，侵占腦海裡所有思緒。

「樹先生……花開了呢。」

為了拯救C高中，化為光點在眾人面前消散，幻櫻最後對我留下的話語，深深銘刻進靈魂裡，每一分每一秒都使內心糾結。

「幻櫻死了，而我卻還活著……」

慢慢捏緊拳頭，無比痛恨著自己的弱小。

「在上一條時間線裡，幻櫻明明很強，可以拋棄C高中獨活，可是卻選擇犧牲壽命，讓時間倒轉……才有了『現在』這條時間線的存在……才有了重拾寫作的我……」

但是，不管是上一條時間線，還是現在的時間線，幻櫻都一直在犧牲自己，即使在暗地裡哭泣，也不會在大家面前顯露她的軟弱。

也正是因為無法向任何人傾訴，那份痛苦才會不斷累積、累積……化為鑽心刺骨的苦楚，就此徹底奪走幻櫻的笑容。

……沒錯。

「變成銀白髮色，再次回到這條時間線，稱我為『弟子一號』的幻櫻……起初，臉上是有笑容的……」

「可是她後來卻變得很少笑……不知道從什麼時候開始，再也不笑了，在怪人社裡的存在感也逐漸隱去……」

而幻櫻在化為光點消失後，眾人的記憶遭到剝奪，她所有的痕跡，都不再留存於世。

——但是。

但是，幻櫻那太過強烈的思念，終於使奇蹟誕生。

雖然只有我一個人，但我已經取回失去的記憶，成功想起幻櫻。

「……」

幻櫻付出了她的生命，來換取我的生命。

幻櫻付出她的笑容，來換取我的笑容。

在重返寫作之路後，逐漸取回當年的實力，被稱為「大英雄」，並且與怪人社成員逐日加深感情的我……變得很常笑。

但在知道那笑容，是踏在以幻櫻的鮮血所鋪就的道路上——才能擁入懷中的事物後，我的內心感到陣陣撕裂般的痛楚。

過去笑得有多歡暢，此時內心的痛苦就有多深刻。

與此同時，我也陷入深深的茫然中。

「我……必須拯救幻櫻……」

「想要拯救的話，勢必要戰勝怪物君，取得晶星人的願望——最佳的解救路線，就是先剷除輝夜姬……只有這樣，才能將最終一戰時的勝率……拉至最高。」

在黑暗的房間內，我用被子蓋住全身，抱著膝蓋縮成一團。

我感到自己在發顫。

「但是，我怎麼可能做得到……輝夜姬是我的朋友……如果強迫她進行對決的話，輝夜姬肯定會死……」

我腦海裡浮現露出安詳的表情，坐在怪人社裡縫製和服的輝夜姬。

直到現在，她送我的和服也掛在我房間的牆壁上，那是雙方情誼的見證。

在加入怪人社後，變得很開心的輝夜姬，曾經用和服的袖子掩蓋嘴巴，笑著說出「真是個風月老手呢，柳天雲大人」。輝夜姬可愛的笑貌，使人永生難忘。

還有第一次在桓紫音老師創造的世界裡，平常虛弱的她，憑藉自己的身軀進行普通運動時，輝夜姬感動的表情，至今也歷歷在目。

如此微不足道的小事，於輝夜姬來說，卻是難能可貴的巨大幸福。

所以，我……

「不能……我不能……」

在深沉的黑夜裡，我抱著自己的頭。話說到後來，語氣已經帶上連自己都能察覺的驚恐……與絕望。

「我不能殺死輝夜姬……我不能因為幻櫻失去了笑容……就奪走輝夜姬的笑容……藉此填補那缺口……」

殺一人，才能救一人，這是何等諷刺的交易。

這樣的交易，我不會選擇。

那麼……

「那麼，我該如何是好……究竟什麼樣的選擇，才能換取通往救贖之路的資格……」

孤獨一人的我，僅能與與黑暗為伍。

但是，黑暗只會帶來絕望，從那裡頭，不會有希望的曙光滋生。

怪人社嚴厲的寫作訓練，依舊在繼續。

某天，社團活動結束後，風鈴在我旁邊的位置落座，擔憂地看向我。

「前輩，你還好嗎？」

如果迫切地想要拯救幻櫻，理論上，最佳的戰術就是先剷除A高中。但是，我卻因為與輝夜姬的情誼，無法狠心實施這個方案。

已經無計可施的我，就像在伸手不見五指的地方……獨自狂奔前行，不知道腳下的道路是否正確，甚至無法確定前方真正存在希望，只能盲目地消耗體力，漸漸感到心力交瘁。

因為內心的苦楚與煩惱，最近一直輾轉難眠。睡眠不足的代價，造成黑眼圈不斷加重，細心的風鈴注意到了這一點。

雛雪也圍繞在我的桌子旁，她上半身彎腰前傾，手臂搭在我的桌子上。

「欸？那不是上次因為蹺課被老師揍出的黑眼圈嗎？這樣看起來比之前更像熊貓了，雛雪認為變得更加可愛了喲！對了對了～～那個呢，比起孤獨系作家，熊貓系作家應該更好聽哦？」

「熊、熊貓系作家？那個……雖然感覺很可愛，但是風鈴覺得好像不太好……前輩還是適合更帥氣一點的稱號……？」

「這樣呀，雛雪想想……唔嗯，有了，那『花心系作家』怎麼樣？」

「怎、怎麼這樣，前輩才不花心呢。」

雛雪聽到風鈴的話，用奇怪的眼神看看她，又看看自己，最後看看站在稍遠處旁聽的沁芷柔。

然後雛雪把手往前伸，比出手槍發射的姿勢。

「——論破！！！！！！如果學長不花心的話，世界上大概就沒有花心的男人了哦？別忘了輝夜姬還沒到齊，教室內就已經充滿雌性發情的味道了喲!!」

「那、那個……」

大概雛雪的話太過直白，風鈴害羞地臉紅了，沒辦法繼續接話。

「……」

在大家交談的時候，我始終保持沉默。

……好遙遠。

明明就近在咫尺，我卻感覺自己彷彿離大家好遠、好遙遠……就連她們的聲音，都像是從無數距離外傳來那樣，聽起來既模糊又空洞，無法傳達至內心深處。

雖然聽入了耳裡，卻無法真正瞭解意思，要花費比往常更多的時間進行深思，才能將話語釐清、吸收。

幻櫻死亡的事實，在我的腦海裡造成巨大的混亂，那混亂形成足以擾亂思考的漩渦，使人的靈魂彷彿快要脫體飛走，無時無刻都顯得渾渾噩噩……如果不集中注意力，意識就會不斷沉淪到內心的最深處。

那平時無法涉足的內心深處，滿是漆黑如墨的絕望。僅僅只是觸及氣息，就會令人感到情緒麻木，再也無法展露笑顏。

……但是，我明白的。

即使維持著近乎麻木的狀態，我依舊明白。

「真相……」

往常平靜的心湖，會變得如暴風雨來臨的海面般波動紊亂，是因為我察覺了真相。

「現在的怪人社……是遭到蒙蔽後的產物。我們曾經的社員……幻櫻……缺席了，卻沒有其他人能發現，因為幻櫻只存在於我的記憶當中……」

這記憶，帶來的是貨真價實的寂寞。

──因為只有我能明白、能理解、能踏入那憶逝之地，去尋找幾乎已經不存在的痕跡。

現在怪人社很快樂，很快樂……幾乎可以說是無憂無慮。

然而，這是建立在幻櫻犧牲上的結果，一樁殘酷的交易。

怪人社經歷的快樂，與幻櫻體會的痛苦，形成巨大的反差。

正是因為感受到這反差，進而隱約體悟到幻櫻當年的苦、痛、傷、悲，所以我才會被拖進無法脫身的自責地獄裡，遭到囹圄之災。

「……」

可是……

我緩緩收縮目光，將模糊的意識凝聚，終於看清眼前的景象。

難得穿著學校水手服的雛雪，正在向風鈴示範解開制服「第一顆釦子」與「第二顆釦子」的性感度差異，雖然風鈴露出很遲疑的表情，但善良的她不忍打斷雛雪。

沁芷柔站在旁邊，盯著正在解釋乳溝露出度差異的雛雪，雙手盤胸露出很不屑的表情。

過了片刻，雛雪與沁芷柔終於因為意見不合開始吵架，妳瞪著我，我瞪著妳，激烈的爭執持續好幾分鐘，而風鈴則帶著不知所措的表情在一旁勸架。

「所以說～～一定要兩顆釦子才夠吧？一顆釦子就像醬油放得不夠的醬油拉麵那樣，雛雪覺得不行，完全不行哦!!」

「喔呵呵呵，真是天真呢。胸部夠大的話，根本不用解釦子就很顯眼了，像妳那種要大不大的胸部，就算露出來也沒有人會想看吧？」

把手背反貼在自己的臉頰上，沁芷柔發出標準壞女人的得意笑聲。

但雛雪反而燃起鬥志。

「誰說的!!學長每次都緊盯著雛雪看哦，那熱情奔放的視線，就算是雛雪也差點害羞起來了喲!!」

「──柳天雲你這傢伙!!」

沁芷柔似乎火冒三丈地轉頭向我看來，打算找我算帳。

如果是平常的話，為了避免遭到誤解，我肯定會雙手亂搖，急著解釋詳情吧。

但是，此刻的我，好不容易凝聚的注意力再次潰散。

沁芷柔她們不管是爭吵、笑鬧，還是那狐疑地投來的詢問聲，再次變得虛無縹緲，聽起來太不真切，缺乏自己正身處其中的實感。

甚至到了後來，她們的聲音越來越遙遠……越來越微弱，彷彿被某種如空洞般的情感盡數吞噬那樣，什麼也聽不見了。

「……」

所以我只是垂下目光，靜靜地發怔。

……悲傷。

原來太過強烈的悲傷，足以奪走人類的五感，讓人受困於愁思的監牢中。

幻櫻……

「這就是……妳在消失前……所看到的景象嗎？」

在這愁思的監牢中，就算是發乎自身的喃喃自語，也變得冰冷而深邃。

「這就是……妳在消失前，變得沉默寡言的原因嗎？」

好冷、好冷、好冷、好冷、好冷……

幾乎要凍結血液的寒意，讓思緒逐漸變得混濁，將帶有盼望的那部分活躍，也隨之冰凍三尺。

在那混濁而模糊的意識中，眼前慢慢浮現幻櫻昔日的幻影。

不管是粉櫻髮色的她，還是銀白髮色的她，至今都清晰鮮明地回憶想起。

但是，不管是哪個她，現在都不在了。

……都不在了。

「嗚……」

如果是過去那個軟弱的我，恐怕早已落下眼淚。但是我的淚水，早已在得知幻櫻死訊的那時流乾。

「嗚嗚……」

可是，我的內心已經被痛苦的監牢所囚禁。那監牢中的寒意，那所有的苦痛傷悲，那帶有幻櫻的一切的一切，都是如此令我痛苦難當。

痛苦到讓我忍不住縮起身體，忍不住牙關打顫，墮入自我逃避的空白意識中……透出無法落淚的掙扎與乾嚎。

哪怕身為獨行俠的那個部分，清楚知道這樣子非但於事無補，還會令精神上的缺口變得更加空洞與蒼白，那冰寒的內心牢籠裡，層層的冰牆依舊變得更加厚實。

「……」

然而……

然而——

就在悲愴幾乎攻占內心的此刻，忽然有絲絲毫毫的暖意，闖進我的內心世界。

那暖意原本不屬於此，但卻正在緩慢、固執地融化那冰寒的地獄，使這個世界重新帶來生機。

「……」

於現實世界中，我的瞳孔逐漸聚焦。

本來看不清任何事物的目光，開始能慢慢看見東西。

依舊坐在座位上的我，被站立的沁芷柔環抱著上半身，沁芷柔以少見的溫柔動作，將我輕輕擁入她的懷裡。

「……很痛苦嗎？」

大概是因為做著不熟悉的行為，她的表情相當不自在，但那話聲卻很真誠。

「本小……我看到你皺著一張臉，似乎很難受的樣子。最近的寫作訓練這麼嚴厲，身為C高中最強者的你……壓力一定很大吧。如果痛苦的話，就在我懷裡哭吧。」

風鈴與雛雪也圍了上來，一個牽起我的手，一個用溫柔的眼神注視著我。

她們不吵架了，也不爭執了，原先鬧成一團的這些少女，只是恬靜地陪伴著我。

「……——!!」

……溫暖。

因為三人所傳遞給我的……是能確切帶來救贖的溫暖。

雖然那溫暖，並不能減少幻櫻死去所帶來的哀傷，但卻讓內心的那個我，能鼓足勇氣，自冰封地獄裡站起……自那困囚自身的牢籠裡，邁出第一步。

「……」

風鈴、雛雪、沁芷柔……

……是啊。

就算幻櫻離我而去，我也不會是獨自一人……

……我還有怪人社。

我還有……夥伴們。

在三人溫暖的包圍中，邁出第一步的當晚，我終於能夠睡上稍微安穩的覺，不再半途驚醒，也不再因心酸而失去知覺。

但是，這一晚……「過去的我」再次現身，出現在我的夢境中。

或許是因為破除了晶星人的記憶禁錮，原先籠罩在「過去的我」身旁的迷霧消散無蹤，我第一次能與他正常對話。

但是這個夢境中，或者說他的世界裡……依舊是一無所有，漆黑一片，就像失去月亮與繁星的夜空那樣單調。

那個「過去的我」盤坐在地上，對我露出冷笑。

「……終於想起來了？可真夠慢啊。」

「……」

我謹慎地觀察對方，但對方不管是容貌與話聲都與我一模一樣，唯獨那孤傲的表情，是現在的我所欠缺的。

走近對方後，我也盤膝坐下。做出一樣的動作後，產生彷彿在照鏡子的錯覺。

於是我緩聲問道：

「……你是誰？」

「當然是柳天雲。」

面對提問，過去的我，以理所當然的態度報上我的名號。

但很快他又補充說明。

「但是……我可以說是不同的你。我是你的過往，也是你可能的未來，也是……你曾經苦苦追尋的『道』。」

是過往，也是可能的未來，也是曾經追尋的「道」？

我不明白他的意思，挑起眉毛，靜靜望著他。

如果他真的是我的話，想必會繼續解釋吧。

果然，「過去的我」在思考片刻後，繼續說了下去。

「準確來說……我是『身為純粹獨行俠的柳天雲』。曾經，你內心有了變化，有了動搖……在轉化為『不純粹的獨行俠』的剎那，我遭到分割而出，化為獨立的個體誕生，並寄居在你的內心深處。」

身為純粹獨行俠的我……？

難怪，在首次出現時，過去的我會說出：「當年的你……身為獨行俠的你……那個不受任何束縛，沒有任何情感包袱的你……才是最強的。」這樣的話。

曾經，對於成為獨行俠之王的強烈渴望，幾乎壓倒內心一切念頭。哪怕現今……我已經不再純粹，但那份執念依舊保留了下來，並化為另一個獨立個體，存活在我的內心深處。

也難怪，他擁有現在的我所不具備的孤高，那正是身為純粹獨行俠的最佳佐證。

我沉吟少許，接著才慢慢抬頭看向他。

他那與我一樣翠綠的雙眸，也正閃動著思索的光芒。

這次輪到我先開口。

「就算是這樣，你又為何於此刻現身？你的想法……你的目的，又是什麼？」

過去的我哼了一聲。

「我說過了，我是你的過往，也是你可能的未來，也是……你曾經苦苦追尋的『道』。」

「什麼意思？說清楚。」

「……也就是說，雖然我是你的過往，但你依舊可能再度變回我，你曾經苦苦追尋的，那受萬人景仰，於寫作界屢戰不敗的『本心之道』，也能在我身上獲得實現，進而獲得所向無敵的……極致強大!!」

聽他提起「本心之道」，我不禁一怔。

我忍不住反駁對方。

「……你是虛假的，你的『道』當然也不會真實。這樣的本心之道，具其形而缺其神，終究有窮極之時。而且，我已經在怪人社裡瞭解到……孤獨之力無法守護他人，那樣子的力量，就算再怎麼強橫，也無法涉足『本心之道』的終點。」

語畢，我沉默著等待對方回答。

而過去的我冷笑，也立刻反駁我。

「大道萬千，路亦萬千，我也是你，為何只有你的做法能涉足『本心之道』的終點，我的卻不行了？再來，你為何要守護他人？所謂的獨行俠，乃獨善其身之真理，只要始終不敗，那臨危不退……傲然立於深淵邊緣的強者風采，自然會引起他人共鳴，逼迫他人低頭認同!!

「所以……認同我，認同孤獨吧。重新成為過去的你，成為孤傲至極的獨行俠之王……藉此鑄就無敵之力!!」

他的語氣裡，帶著一絲近乎瘋狂的偏執。我能夠品味出那情緒，因為那正是隻身背對深淵之人，在無法後退……不被容許敗北的情況下，被迫對抗整個世界的偏執。

那樣子的情緒，那樣子的偏執，現在的我依舊可以理解，但卻再也無法認同。

所以，我搖搖頭。

「風鈴……雛雪……沁芷柔……輝夜姬……桓紫音老師，怪人社的大家，她們都是我的朋友。你的力量或許強大，但卻無法守護朋友。」

我話才剛說完，過去的我一聽，立刻用右手蓋住臉，放聲大笑。

「守護朋友？曾經立志成為獨行俠之王的你……也有朋友？哈哈哈哈哈，哈哈哈哈哈哈哈哈哈哈……哈哈哈哈哈哈哈哈哈哈哈哈哈哈哈……」

他就像見識到世界上最好笑的東西，笑得難以克制。

最終，他慢慢止住了笑聲。

雖然他的嘴角依舊帶著笑，但眼神裡的冷意，卻怎麼也藏不住。

「……無聊透頂。未來的我啊，你不想拯救幻櫻了嗎？」

——!!

幻櫻。

幻櫻、幻櫻、幻櫻——!!

因為他也是我，所以同享一樣的記憶，寥寥幾句話一出口，立刻令我的心神無比激盪。如暴風雨中的小舟那樣，我原本已經暫時壓抑的情緒，隨時都有再次傾覆的危險。

我站起身來，狠狠瞪視對方。

「為什麼提起幻櫻？」

你……既然也是我，怎麼可能不知道我有多麼想要拯救幻櫻。為何明知故問，為何……還能露出那種笑容？

我的眼神向他傳達這樣的意思，他朝我哼了一聲，接著提出反問。

在說話的同時，他也跟著站起，視線緩緩拔升，上升到與我一樣的高度。

「你既然想拯救幻櫻……為何不變成我？為何……不再次成為純粹的獨行俠？」

兩個問句抛出後，「過去的我」往前踏出一步，拉近雙方的距離。

「你既然想拯救幻櫻……為何不取回過去的實力？將眼前所阻之敵盡數消滅，成就那無敵的孤獨之道？」

我甚至還來不及回答，「過去的我」又再次開口，並且再次踏上一步。

我們之間原本就相距不遠，隨著他不斷逼近，已經只剩下五、六步的距離。

——!!

「過去的我」依然步步進逼。

「你既然想拯救幻櫻……為何不認清事實，曾經在國中時，秉持獨行原則的你，可以說是所向無敵。除了晨曦之外，無人可以望你項背。然而，現在的你可以辦到同樣的事嗎？回答我……可以辦到嗎！！！！」

他話說到後來，聲音越來越響……越來越響，直到最後一句「可以辦到嗎！！！！！」如雷鳴般大喝時，那不斷進逼的架式，那氣勢如虹的逼問，使我心神震盪，站立不穩，開始踉蹌地後退。

看到我的樣子，「過去的我」表情漸漸轉為和緩，最後他輕嘆一口氣。

「全盛時期的你，絕非如此弱小。你要明白……所謂的『守護』，代表要分心顧及他人，你的強……就會因此受到侷限。

「而且我也明白的，你正因為自己的弱小而苦惱，你不願意……殺死輝夜姬，換取獲勝的最大保證。

「也就是說，這樣子豈不是剛剛好嗎？

「如果你不願意殺死輝夜姬，又想取得『最終一戰』時的勝利，就必須變強對吧？強到無人可敵，無人可阻──」

像是想接納我那樣，過去的我，朝我張開雙臂。

「那麼，如果你拯救他人的所有祈念，都想成真的話──就成為我吧!!再次成為純粹的獨行俠，捨棄所有朋友，接納那名為空的孤獨，不再接近任何人，只醉心於自身的強大……」

「……如此一來，你也就擁有了拯救幻櫻，乃至拯救所有人的資格。」

說到這裡，像是夢境逐漸結束那樣，「過去的我」的身影，逐漸變得模糊搖晃起來。

在那無盡的黑暗中，他的身影即將融入黑暗之前，「過去的我」拋下冷酷的話語。

「柳天雲……你已經失去抉擇的餘裕。」

那聲音在我心神之間，不斷迴盪……不斷迴盪……

與此同時，「過去的我」的所有想法，化為最後一句話，傳入我的心坎。

「拋棄朋友……背棄夥伴，再次成為孤獨的王者吧。」

第二章 天雲的密謀！

「拋棄朋友……背棄夥伴，再次成為孤獨的王者吧。」

這是「過去的我」留下的最後話語。他那為了變得更強，如同入魔般的執念……在我的心頭徘徊不去。

與此同時，他那孤傲的臉孔，也不斷重現我的眼前。

「孤獨的王者嗎……過去的我啊，你不惜付出一切代價，也要變強，也要迎來勝利……這就是你在那荒涼孤寂的獨行之道上，所做出的抉擇……嗎？」

其實，我比誰都更加瞭解。

在險惡的獨行之道上，因為後退一步就會落入萬丈深淵中，所以沒有任何失敗的餘地，會誕生強烈的獲勝想法，也是理所當然。

但是，即使再怎麼想要獲勝，也不該泯滅自我，目空一切，與極端的勝利同化。

「為何……你能夠捨棄一切，如果你真的是我，就算踏在獨行之道上，你也該擁有基本的情感……

「不然，當初晨曦在消失時，你也不會痛得刻骨銘心……在一次次怪人社成員們給予救贖時，你堅冷的內心，也不會受那溫暖所軟化……

「否則，在那一無所有的空虛世界中，你也不會抱著幻櫻的虛影，自囚於看不見盡頭的悔恨與痛苦裡……」

剛開始還抱有疑惑。

但是，因為那傢伙也是我，我毫無疑問是世界上最瞭解他的人。於他那冷酷的面容底下，我漸漸找出深埋其中的答案。

「是了……因為你也是我，你也經歷過當年與幻櫻的一切……晨曦與柳天雲的過往歷程，恐怕我們一輩子都無法忘懷。

「正是因為無法忘懷，擁有強烈信念的你，才會在我成為『不純粹的獨行俠』的那一瞬間分化而出，成為獨立的精神體吧……因為你……或者說我們，知曉獨行之道的強大，而那強大……無疑是拯救幻櫻的最佳手段。

「所以，與其說你是『身為純粹獨行俠的柳天雲』，不如說是『為了拯救幻櫻的柳天雲』……你是為此而誕生，為此而存在，為此而……孤高冷傲。

「你有多麼高傲，就代表你有多麼想拯救幻櫻。

「所以，即使先前遭到晶星人的記憶封鎖，在那無盡的黑暗之中遭到囚困，你也不惜一再掙扎，拚命突破那封鎖之線，出現在我的夢境中……就是為了點醒我，告訴我獨行之道才是最強的……才是能拯救幻櫻的最佳利器。」

思考完畢後，我陷入長久的沉默中。

過去的我沒有撒謊，如果再次成為純粹的獨行俠，我確實會擁有快速變強的希望。而且很有可能……我將再次重返顛峰，達到無人可敵的境界。

可是，如果成為純粹的獨行俠，也就意味著要遠離一切多餘的情感，吞噬所有他人釋放的善意，進而強化、茁壯自身。

如果要遠離多餘的情感，換句話說……

「我必須……離開怪人社……

「必須……捨棄那些好不容易得到的朋友……」

朋友，這個詞彙，曾經對我來說如同明月般遙不可及。那是足以照亮寂寞夜空的皎潔，不是孤獨行走多年的我能伸手觸及。

可是，就算我再怎麼孤僻，就算我是個動不動就會按著臉大笑的怪人，怪人社的大家依舊接納了我，毫不吝嗇地給予溫暖。

那溫暖，足以融化獨行俠特有的固執，所以今天的我，才能夠保有現在的幸福，與大家成為摯友。

「……」

我考慮、消化著目前得到的訊息。

接著，起初有如涓涓細流的模糊思想，逐漸彙整為一，形成湍急的思緒之河。那河很大，比原先寬闊許多，也帶來更多可能性。

「只是……」

只是，如果順流而下，在那思緒之河的最末端，存在能拯救幻櫻的絕對保證嗎？

對此我感到茫然，不解，以及深深的迷惑。

「如果我想拯救幻櫻……就必須變強……變得無人可敵……

「但是如果聽從『過去的我』的建議，成為獨行俠之王……藉此無敵於世，就必須捨棄怪人社的夥伴們……才有可能辦到……」

也就是說，我必須犧牲一份情誼，才能拯救另一份情誼。

明明是為了拯救友人，但也必須付出背棄友人的代價。

不管是幻櫻，還是怪人社的大家，都曾經一再給予我救贖……而這樣子的我，卻必須從兩者之間擇其一，這是痛苦到令人胃部緊縮的抉擇。

怪人社的大家，如果被我背叛，我們這一年來累積起來的所有情誼，也將轉化為錐心刺骨的利劍，將她們刺得遍體鱗傷。

思及此，我不禁慘笑起來。

「為何……上蒼如此殘酷……」

在取回失去的記憶後，首先我得知的是……犧牲輝夜姬，就能得到獲取勝利的最大保證。

這條殘酷的道路，我無法選擇。

再來，我知曉「過去的自己」的存在，如果拋棄一切情誼，傷害怪人社的友人們，就能鑄就無敵之力，再次君臨天下。

這條道路，我亦無法踏足。

——兩條路，兩個選擇……卻只有一個結局。

……那是背棄友誼，通往悲傷的結局。

將前因後果串聯而起的瞬間，絕望感也洶湧而至。

「就像有人在刻意操弄我的命運那樣，我早已經踏上通往悲傷結局的方向，不管途中怎麼變換路徑，最後等著我的，註定是令人痛徹心扉的哀傷……與背棄情誼的殘酷。

「與其說是在怪人社與幻櫻之間抉擇，不如說，我是在絕望與絕望之間徘徊不定……看不見半點希望，空餘掙扎的餘力，最後只能墜落到足以焦灼靈魂的情感煉獄裡。

「……痛苦。前方等待著我的，只有眼睜睜看著友人受傷、絕望、哭泣……的極端痛苦。」

在房間裡獨自沉默良久後，我無意中看見牆上掛著的鏡子。

鏡子裡的我，表情充滿掙扎，眼神帶著彷彿靈魂遭到剝奪般的空洞……那表情充滿對現狀……對這個世界的絕望。

「……」

慢慢抱膝蹲下。

全身有惡寒襲來，連視線都變得顫抖。

「我所涉足的，是必定得付出犧牲的未來，兩全其美的路線並不存在。我到底……該怎麼抉擇？」

連話聲都變得嘶啞難聽，充滿對未來的恐懼。

蹲著的我，像是想逃避現實那樣，掩住臉孔。

……在過去，碰上巨大的困難時，我常常掩面大笑。

可是，現在的我卻笑不出來。

「……」

因為，那註定通往悲傷的兩條路線……與兩個可能的未來，都不存在絲毫歡笑。

……為了拯救友人，就必須傷害其他友人。

不管是殺死輝夜姬，又或是拋棄怪人社的夥伴們、成為獨行之王，哪種抉擇都令人痛苦難當。

「……沒有第三條道路嗎？

「……不傷害任何人，讓大家都能露出笑容的道路……存在嗎？」

我拚命思考，絞盡腦汁地分析出每一絲微小的可能性，最後……我終於找到一絲希望。

「對了……晶星人的道具……」

我想起桓紫音老師曾經對我們說：「有些祕密道具因為太過危險，充滿不確定性，所以都由吾獨自掌管，不給任何人使用。」

就像棋聖曾經使用過的「詛咒草人」那樣，排名在第三名的C高中，肯定也手握某種強大的祕密道具。或許在那之中，就有能使人快速變強的祕密道具也說不定。

雖然依靠外力來變強，已經近乎邪道，對追求「本心之道」的我而言，無疑是飲鴆止渴，但是……

「但是，如果不有所行動的話，註定將通往悲慘的未來……為了力挽狂瀾，付出代價也是十分正常的事。」

我現在所能做的事，就是找出一個可行的想法，並將想法付諸實行。

我知道祕密道具存放的地方。

祕密道具被放在一個由晶星人道具「轉轉金庫君」加以封印的空教室。

桓紫音老師閒談時曾經提起，「轉轉金庫君」擁有可以抵禦炸彈突襲的防禦力，亦有連蚊子都無法趁隙鑽入的密合性，想偷偷摸摸地進去裡面將道具偷走，完全是不可能的事，而且只有桓紫音老師持有進入金庫的鑰匙。

所以……如果想要得到祕密道具，我必須先取得桓紫音老師的鑰匙。

「可是……鑰匙在哪裡呢？這麼重要的東西，應該會隨身攜帶吧。」

進行社團活動時，我仔細觀察桓紫音老師的身上，但是身材苗條的她，身上看起來不像藏有鑰匙。

就在打算竊取鑰匙的第一天，社團活動結束後，桓紫音老師忽然叫住正要離開教室的我。

「零點一……」

那語調帶著意味深長的感覺，與平時都不同。

「——!!」

被看穿想法了嗎？不……不可能的……我應該沒有露出破綻。

原本我就有點心虛，聽見老師的呼喚後，只能裝作沒事的樣子緩緩回過頭。

桓紫音老師站在講臺旁，她以手掌遮住單眼，用帶有赤紅之瞳的右眼打量我。

「汝……身上透出來的光芒……有點變了……」

聞言，我全身寒毛直豎。

桓紫音老師是異色瞳，右眼的赤紅之瞳可以看出每個人的寫作實力，越厲害的輕小說家身上的光芒就越強。除非厲害到怪物君那種境界，身上反而看不見光了。

但是，在決定竊取「轉轉金庫君」鑰匙的此刻，桓紫音老師卻忽出此言，讓人極度不安。

狀似中二的桓紫音老師，其實十分敏銳……她究竟看見了什麼？又猜到了多少？

剎那間，我思考完這一切，但表面上我只是陷入短暫的沉默而已。

桓紫音老師的赤紅之瞳彷彿閃爍著紅光，她繼續說下去：

「……自從汝進入怪人社，實力逐漸復甦，已經有很長一段時間，汝身上的光芒都有如太陽般強烈，那是只有絕對的天才，才能綻放的閃耀之光。就算不是在這個地方，不進行六校之戰……遲早汝也會大放異彩。」

我點點頭，感謝桓紫音老師的讚譽。

桓紫音老師安靜了片刻，像是在斟酌言辭，過了好一會兒，她才繼續接話。

「……但是，吾今日再度以『赤紅之瞳』觀察汝，汝身上的光芒雖然依舊強烈，但那光……卻不再純淨，就像混入了雜質那樣，產生某種改變。」

「……」

我依舊沉默。

最後，桓紫音老師又問了幾句，我向她表達自己大概是累了，桓紫音老師表示理解後，就放我離去。

在返回宿舍的途中，我思考著剛剛的事。

「產生改變，不再純淨……嗎？」

自言自語著這句話，我不禁露出苦笑。

「想要逆天而行，扭轉勢必得付出犧牲的未來……這是理所當然的代價。」

經過一段時間的觀察，我終於猜中桓紫音老師的鑰匙存放地點。

準確來說，那鑰匙甚至看起來不像鑰匙，用來開啟「轉轉金庫君」的關鍵道具，竟然是桓紫音老師常常用來喝番茄汁的高腳酒杯。

「原來如此……鑰非鑰，這是最佳的隱藏辦法。」

如果不是某次老師在喝番茄汁時，無意打翻酒杯，那酒杯摔在地上，卻發出相當微妙的材質聲響，我也不會聯想到這上面。

桓紫音老師只會與我們一起吃飯，換句話說，只有長期追隨桓紫音老師的怪人社成員，才有解開這個祕密的契機。

知道目標所在後，在某天中午過後，我終於抓住機會，將高腳酒杯偷出，前往「轉轉金庫君」所在的空教室。

轉轉金庫君以金色的光幕籠罩整間教室，而正前方的入口處，則有一個散發神祕光芒的祭臺。

我將高腳酒杯放在祭臺上，靜候片刻後，果然金色光幕裡很快顯現出一扇門來，我沉默地踏入其中。

「……」

進入金庫內部後，我首先環目四望。

這是一間占地特別寬廣的空教室，大概得打通兩間舊教室才能形成這樣的空間吧。

對比裡面存放的東西，場地大到顯得相當寂寞。

「在那裡嗎……」

在場地的正中央裡，擺著一張鋪著白色桌巾的圓桌，那圓桌上只有區區三樣道具，但每樣看起來都不一般。

我走到圓桌前。

先拿起第一個道具。

這是一組模型，模型的正中央是空的，裡面雕塑著一個迷你劇場。劇場裡，有一條懸在高空上的石梁，這石梁凌虛連接著兩座相鄰的山峰，山峰底下是熊熊火海。如果摔下去的話，就會遭火蛇燒成焦炭。

明明情勢如此險惡，石梁的各自一端，卻有兩名人類隔空瞪視對方，打算把對方狠狠推下石梁，藉此換取自己通行的資格。

「這是……」

模型的背面刻有使用說明：

「詛咒模型」，在月模擬戰中可以使用，每次將敵校的五分之一人數縮小收納至劇場世界中……若是指定時間內，持有者未遭敵校學生擊敗，劇場世界中的敵校學生，就會落入火海內死亡……若持有者敗北，劇場世界的學生則重返現實世界。

只能對上位學校使用。同一次進攻，不限制使用次數，但如果持有者敗北一次，「詛咒模型」就會立刻損壞。每次被收納進劇場中的敵校學生，需由敵方自行挑選。

理解這個道具的用途後，我不禁背脊發寒。

……惡毒。

這是何等惡毒的進攻道具。

「也就是說，如果我比上位學校的所有人都還要強……在月模擬戰中進攻，每次戰勝對方，對方的學生，就會被殺死五分之一……就算做為賭注的學生可以由對方挑選，但如果人數不斷減半，根本不用多少次，整所學校就會覆滅……」

難怪這道具會被鎖在「轉轉金庫君內」，這道具的用途簡直令人毛骨悚然。

我閉目片刻，平緩心境後，才拿起第二樣道具。

這是一面方形的鏡子，大概有半個人大小。

「真幻與歧路之鏡」……在蒐集使用者數據後，根據使用者的心境，鏡面上會浮現使用者的某種未來……但瞬息萬變的未來，即使以晶星人的科技也只能稍加窺測，所以鏡子上浮現的未來，很有可能是虛幻之物，甚至根本是錯誤的。

難怪叫「真幻與歧路之鏡」，大概透過這東西看到的未來，非真似幻，令人無法辨明真相，如果盲目相信這鏡子，後果難料，踏上歧路的機率……太大。

這道具會被封印在「轉轉金庫君」裡，果然有其原因。

這鏡子能浮現「使用者的某種未來」，即使可能是錯誤的，但也是不得了的存在。

「我想知道的未來……無疑是如何變強……說不定這鏡子……可以顯示出立刻變強的道路!!」

只是，天機不可洩漏，使用這道具，無疑是逆天而行。

逆天而行，勢必得付出代價。

即使能靠這東西窺探未來，進而選取變強的道路，這也是鏡子告訴你的道路，而非自身領悟出的道路。

道非道，人非人。依靠這種道具，註定以偏離原先的「道」做為代價……即使變強了，也只是獲取短暫的輝煌罷了。

可是。

「可是……現在的我，也只是要如煙火般，短暫燃起無人可比的璀璨，這樣就夠了。

「因為，想找出不傷害輝夜姬……不傷害大家的方法，本來就是近乎奢侈的願望。」

哪怕我的「本心之道」，可能會因使用「真幻與歧路之鏡」產生偏移，甚至造成裂痕，這也是犧牲最小的路線。

緊咬牙關，我狠狠下定決心。

「我要變強！要變得無人可敵，然後取得願望……救回幻櫻!!」

我深深吸了一口氣後，照著使用說明，將雙手手掌貼在鏡面上。「真幻與歧路之鏡」的鏡面，在我手貼上的瞬間，如水面般產生了圈圈波紋，最後那波紋逐漸形成漩渦，漩渦裡又出現無數雜亂無章的畫面。

像是在無數的可能性裡，推演出某道未來那樣，自那紊亂的鏡面裡，我看過一閃而逝的我自己、幻櫻、雛雪、風鈴、沁芷柔、桓紫音老師……甚至輝夜姬與飛羽也都現身過。

但是，出現更多的是血與火的畫面。無數的鮮血與烈火，如煉獄般滲透了地面，染紅了整片天空。

「血與火……？」

我還來不及仔細推敲，此時「真幻與歧路之鏡」的鏡面上，那畫面漩渦終於平息，回歸平滑如水面的靜止狀態。

最後，「真幻與歧路之鏡」，終於將某種未來推演而出。

「這是……!!」

透過鏡子裡的畫面，我看見了——

在組起狐面墜飾後，鏡子畫面裡的我，內心隨之崩毀。

那崩毀，使「本心之道」的道心也一起碎裂，在按著臉哈哈大笑後，我原先淡綠的雙眸，轉為了血紅色。

然後，想取得最終一戰願望，為了想爭取最大獲勝可能性，我在怪人社裡提出了進攻A高中的建議。

「為了獲勝，不如提早進攻殺死輝夜姬吧？放縱敵人是最愚蠢的行為，我們必須斬草除根!!這樣我們也可以繼續往上挑戰Y高中，再試探一下怪物君的實力。」

血紅色雙眸的我，一邊笑著，靠在教室的牆上，一派輕鬆地提出建議。

怪人社的大家，在聽完我的想法後，露出無法置信的表情。

想當然的，她們全員反對這個意見。

「柳天雲，汝……」

「前輩——!!」

「柳天雲——!!」

「學長!!」

但是，她們的吶喊聲，並沒有傳進鏡子裡的我內心。她們所面對的，是對勝利充滿執念，執著到入了魔的猙獰。

「吵死了，妳們根本不懂我的痛苦，我柳天雲所承受的痛苦……遠在妳們之上!!」

「啊啊……對了，差點忘了，我是獨行俠，根本不需要妳們的同意……與幫助!!」

「我才是C高中最強的選手，要選擇進攻誰，放過誰，本來是我的自由，全在我的一念之間!!」

按著臉哈哈大笑後，無視怪人社成員們的受傷表情，那個我……離去了。

之後，鏡子裡的我……找到金髮小混混與跟班，這兩人本來就提議過要讓我成為王，於是在這兩人的幫助下，鏡子裡的我開始了反叛行動。

以「救世主」、「大英雄」的名聲做為號召旗幟，聲名早已傳遍整座C高中的我，寫作實力之強廣為人知。知道追隨我才能得到存活的最大保證，很快就有超過半數的學生歸順於我的旗下，供我指使。

為了逼迫輝夜姬使出全力作戰，鏡子裡的我打算取得道具「詛咒模型」，只要以A高中學生性命做為籌碼，將大義看得比性命還要重要的輝夜姬，必定出手阻止，也就是說……

輝夜姬必死無疑。

鏡子裡的我，寫作實力已經很強，就算正面對決贏不了輝夜姬，只要把戰局拖入持久戰，很快輝夜姬就會自己倒下。

「哼哈哈哈哈哈……哈哈哈哈哈哈……我柳天雲才是最強的……最強的……!!」

那一對血紅色雙眸，所注視的世界，究竟是什麼樣的呢？是充滿得勝的快意，抑或是心如死灰的空……旁觀的我無從得知。

但是，他每次在放聲大笑時，總是會不自覺地流下淚來。

為了不讓別人看見自己的眼淚，鏡子裡的我戴起黑色的面具，掩飾真正的面容，也披起黑色的披風，將身軀的顫抖掩蓋於未知之下。

屬於桓紫音老師的舊勢力派，為了阻止我打算進攻A高中的行動，布下重兵守護桓紫音老師，保護「轉轉金庫君」的鑰匙不被奪走。

但他們所迎來的，是無情的大軍壓境。

得到大多數學生支持的我，早已組成武力強大的私軍護衛。大量私軍護衛進攻校長室，桓紫音老師一方的單薄兵力，很快就防守不住，據點徹底淪陷。

哪怕怪人社的成員也都在保護著桓紫音老師，沁芷柔至少打倒了上百人，但人數差距實在太大，桓紫音老師從校長室裡被扯著頭髮拖曳而出……但即使到了這個地步，她依舊牢牢抱著懷裡的高腳酒杯，將開啟金庫的鑰匙死命護住。

到了這一步，桓紫音老師已經是窮途末路。她敵不過私軍護衛的力量，高腳酒杯終於被奪走。

鏡子裡的我，緩緩走上前，接過那代表戰爭號角響起的高腳酒杯。

桓紫音老師掙扎地翻過身，用她的赤紅之瞳，看了鏡子裡的我最後一眼。

那能看穿許多事物的赤紅之瞳，這次究竟看見了什麼，沒有人知曉。但是，那眼神裡所蘊含的無比絕望，令人永生難忘。

鏡子裡的我，也看見了桓紫音老師的眼神。戴著黑色面具的他，在與那眼神對上時，悄悄流下了淚水。

可是那淚水，沒有人能夠看見。

將悲傷掩蓋於面具之下，那個我，最後將所有人集合到教學大樓前的廣場上。

一邊登上象徵王位的階梯，前往那最高處的耀眼王座，鏡子裡的我雖然沒有開口說話，但他的心聲卻彷彿在此刻化為實質，直接傳入我的耳裡。

「如果必須成為鬼，才能使妳甦醒，我將化身為毫不留情的鬼。

「若是加冕為王，才能得到所向無敵的力量，那我也不會有絲毫猶豫。我將捨棄

一切……成為王！

「哪怕那王，是魔王，那也無所謂。

「——我將斬除一切，獲得通往復活之路的資格!!」

——!!

「真幻與歧路之鏡」顯現出來的可能未來，令人冷汗直冒。

「寫作之鬼……在那個可能的未來裡，我成為了鬼。所謂的鬼，即是不惜犧牲一切來壯大自身的貪婪之靈……那個鏡子裡的我，已經走到邪道上……不再是『本心之道』。他所走的，是殘酷的『惡鬼之道』！」

即使對此早已有所猜測，但親眼見證真相，依舊令人難以置信。

「那個鏡子裡的我，如此殘虐，如此心狠，真的是我嗎……？在某種未來裡，我將會六親不認，身化殺戮萬千的寫作之鬼……？」

發呆了片刻。

就在這時候，腦海卻忽然想起之前與Y高中進行友誼賽的畫面。

那時候，在虛擬世界裡……怪物君召喚出的怪獸「武將雷神」，曾經注視著我，說出一句話。

「不惜犧牲夥伴……也要變強的惡鬼之道嗎？好一個大英雄。」

那時，我以為他是指我召喚的怪獸「大英雄」，但現在憶起，卻彷彿另有所指。

一文一世界，或許「武將雷神」透過他那沾染無數鮮血的人生，提前看出某種可能性，又或是某種直覺讓他如此發話。

……然而，不管是哪個答案，最後得出的真相都令人心寒。

思考良久後，我忽然又明白了一些事。

「對了，過去我曾經夢過很多怪夢，在夢裡，充滿了血與火……也就是說，我的性格裡，確實潛藏著成為『鬼』的可能性……那些怪夢，或許就是某種來自潛意識的暗示，暗示出未來的道路……必定通往悲傷的彼端……」

但同時也有不明白的事。

「但是，究竟是為什麼呢……？

「如果化為『寫作之鬼』的未來，是那無數的未來分歧裡的最大可能性，我現在，為什麼沒有入魔，沒有化身為鬼……背棄一切……」

在那無數關於自身的謎團中，彷彿抽絲剝繭般，我一步步靠近問題核心，慢慢尋找正確答案。

我如此自問：

「如果說，那個化為『寫作之鬼』的我，是原先的我註定踏上的道路，那麼，現在的我……與鏡子裡的我，又有哪裡存在不同？」

這時候，風鈴、雛雪、沁芷柔的身影忽然掠過我的眼前。

輝夜姬將和服捧給我，對我露出溫柔笑容的表情，也掠過眼前。

桓紫音老師常常假裝吸血鬼，但學生不買帳的搞笑身影也掠過眼前。

那些身影圍成了一個圓圈，而圈子裡面的人……是我。

那個我……臉上帶有笑容，不再孤獨，不再體會寂寞帶來的恐懼。

「……!!」

在這一瞬間，我忽然明白原因所在，幾乎要落下眼淚。

這面鏡子中顯示出的未來，與我過去做過的血與火怪夢，不謀而合。都是泯滅人性、只追求極致的實力。

大概，鏡子中的畫面、血與火的怪夢，都預示著同樣的未來。

「是了，最大的差別，在於……鏡子裡的我是純粹的獨行俠……不相信任何人……只醉心於自身的強大……

「而現在的我，不再是純粹的獨行俠……我與大家，已經是朋友。朋友們支撐著我，使我不至於崩潰倒下，就算陷入了絕境中，也不存在絕望、化身為鬼的可能性……」

「也就是說，是怪人社的大家……拯救了我，改變了象徵淚水的未來……」

從孤獨的道路一路走來。

這一年來，從晶星人降臨開始算起，我身邊的夥伴不斷增加。

先是沁芷柔，再來是風鈴，後來輪到雛雪，最後是輝夜姬……

每一個人的加入，每一個人的靠近，都在溫暖我原先冰冷而孤獨的世界。

所以我不再顫抖，不再害怕，能夠逐漸改變自己，使心靈變得更加堅強。

眼前彷彿出現了幻象，被眾人圍繞在圈子裡的我，因幻櫻的死訊而絕望跪倒，變得無比可怕而孤寂，但怪人社的大家沒有一人離我而去，始終陪伴在我的身邊。

在深刻體會到情感珍貴的此刻，眼眶裡逐漸湧出溫熱的淚水。

幻象裡，圍繞著我的怪人社成員，此時紛紛帶著溫和的笑容，向跪著的我……伸出了友誼之手。

也是救贖之手。

「……就算在那個成為寫作之鬼的未來……她們也從未想過放棄我……而是拚盡全力地想給予我救贖……」

「所以，難怪……現在的我，不會成為『寫作之鬼』……」

幻象中，處於圈子裡的我，伸出顫抖的手，與她們的手互相交握。

在看見幻象中的我站起的同時，我忍不住慢慢坐倒在地，並且淚流滿面。

「……因為，這樣子的我，不再絕情，不再孤獨，早已失去成為『鬼』的資格。」

第三章

身為英雄的我為了怪人社的笑容，該如何狠下我的心

離開「轉轉金庫君」後，我獨自在校園裡漫步而行。

現在已是夕陽西落時分，望著遠處，那海上特有的海鷗群飛過，與夥伴們共處，牠們的自在與無憂無慮，令人心生嚮往。

「夥伴與自由……嗎？」

喃喃自語的同時，我一邊走，一邊思考。

剛剛在「真幻與歧路之鏡」裡得知的資訊，我需要時間去消化、剖析這一切。

最後，在我想明白一切時，太陽早已下山，我也不知不覺走到海岸邊一顆大石頭上盤坐，望著那波濤起伏的大海，我慢慢明白了一切。

「是了……原來是這樣……」

「潛藏於我的內心深處，身為純粹的獨行俠，孤傲且寂寞的……是『過去的我』。

「而在『真幻與歧路之鏡』裡，身化寫作之鬼，哀慟且絕情的……是『未來的我』。

「他們有很大的不同，但也有相似之處。這兩個人，唯一的共通點，就是那強烈的執念，對處於『過去與未來的交接點上』的『現在的我』……產生了影響。

「也正是因為處於那微妙的交接點上，我既不是純粹的獨行俠，也不是寫作之鬼……

「所以，之前我才會不斷在夢裡看見『過去的我』與『未來的我』的心境吧。他們渴望我成為他們，更渴望我拯救幻櫻，踏上孤獨之道，重返當年顛峰，直到舉世再無敵手……為止。

「可是……」

坐在石頭上，我緩緩朝大海伸出展開的右手五指。

恍惚間，我彷彿看見那孤傲至極的「過去的我」、與冷酷絕情的「未來的我」，他們模糊的身影立於海面上，隨著海潮晃動著身軀。

他們都靜靜不語，彷彿正在傾聽我準備出口的話語那樣。

與他們正面對視，我繼續把話說了下去

「可是……『過去的我』與『未來的我』啊——我……不是你們，也不會成為你們。

「因為我與你們……不同。孤傲的過去不需要留戀，絕情的未來也不值得憧憬……因為我柳天雲，所擁有的是『現在』——

「——只有『現在』能夠創造希望，唯獨『現在』能夠帶給大家笑容，如果在這過去與未來的交接之處，我必須做出抉擇的話——」

我始終展開伸出的五指，此刻朝著海面上那「過去的我」與「未來的我」猛然握拳。

與此同時，我鏘然發聲。

「——我會選擇斬除你們的幻影，踏出屬於自己的第三條道路來!!」

——!!

「……」

「過去的我」與「未來的我」，他們忽然同時笑了。那笑聲裡，既有釋然的解脫，也帶著微妙的嘲弄之意。

此時在一陣驚人的大浪襲來，那浪足足有兩層樓高，激起的波濤，吞噬了海面上的礁石，吞噬了變得幽暗的沙灘，也吞噬了……那漂浮於海面上的「過去的我」與「未來的我」。

「嘩……」

嘩嘩……

大浪不斷沖刷岸邊，發出「嘩嘩……」的聲響。

然而，再怎麼激進的浪濤，也終有力盡的一刻。

過了許久。

隨著夕陽西下，被光芒染成橘紅色的海面終於重歸平靜。

在那不復曾經的浪濤中，「過去的我」與「未來的我」已經消失無蹤。

手上抱著大量的輕小說，今天下午也按照慣例前往怪人社。

積極備戰的日子依舊繼續，桓紫音老師的嚴厲程度與日俱增，在近乎魔鬼訓練的課程下，風鈴與沁芷柔的進步顯著，甚至雛雪的繪畫技巧也有所提升。

唯獨只有我……

「零點一……老實說……」

桓紫音面前的桌上，散落著我今天完成的作業。她以單手撐著下巴，閱讀時的表情相當微妙，

「汝……與闇黑乳牛與首席闇黑騎士相比，最近的寫作狀態有點不太理想，甚至退步了一些。但也不太像遇到瓶頸，反倒像……因為某種原因弱化了似的。

「最終之戰在即，這樣下去可不行啊……對於現狀，汝有什麼頭緒嗎？」

說完話，桓紫音老師的視線從稿紙上移到我身上。

與她的赤紅之瞳正面對視，總是會有內心被看穿的錯覺。

上次在進入「轉轉金庫君」後，我悄悄把高腳酒杯放回了原位，應該沒有被發現才對。可是，或許是心虛的緣故，我總覺得面對桓紫音老師時，比往常少了幾分底氣。

「……喂，不要發呆啊，零點一。吾在問，汝對於自己的狀態下滑，有沒有什麼頭緒？」

她再次追問。

「……」我陷入沉默。

雖然沒有答覆桓紫音老師，但我內心早已經掌握答案。

那時，我為了變強，不擇手段地擅自選擇使用「真幻與歧路之鏡」，這行為本身就已經違背「本心之道」。

就算我最後沒有通往「未來的我」的寫作之鬼道路……亦沒有遭「過去的我」的獨行之道蠱惑——事後，也順利斬除「過去」與「未來」產生的幻影……然而，為了窺探本不該知曉的未來，我也付出相當大的代價。

準確地來形容，我的「本心之道」上已經產生裂痕。

雖然這裂痕，並沒有嚴重到會使「本心之道」崩毀的地步，但道心無法圓滿的情況下，實力自然就會滑落。

如果沒有失去幻櫻的話，這種事本來不會讓我的道心受損，但現在的我就像內傷累累的患者，再次遭到打擊後，原先看似不存在的傷勢，終於一口氣爆發出來。

「……沒有。我沒有頭緒。」

只是，面對桓紫音老師的一再追問，我只能搖搖頭，表示自己並不知情。

「這樣啊……」

桓紫音老師點點頭，接著不再言語。

在她說出這句話後，我微微低下頭，避開大家的視線。

因為有一瞬間，我產生了害怕的情緒。

長久以來背負C高中最強者名號的我，除了寫作之外一無所有的我……

……很害怕，看見大家失望的表情。

為了突破瓶頸，我得到了桓紫音老師的允許，可以外出散心。

畢竟埋頭苦幹，有時候只會得到反效果。

在暫時脫離寫作的時間裡，我又獨自散步到海邊。

望著大海，我默默思考。

「為了使用那鏡子，我付出巨大的代價，卻沒有得知立刻變強的方法……

「而且，本心之道上的裂痕，無法輕易修補，尚未痊癒前我的實力會不斷滑落，這是最麻煩的一點……」

只是，除了我之外，誰也不知道「本心之道」產生裂痕的原因。那原因的背後，如果不斷追溯……追溯……將會發現幻櫻逝去的悲傷痕跡，我無法對大家明說。

因為，現在怪人社的大家為了目標共同努力，這樣子的日子過得安穩，在忙碌之餘，也能不時收穫小小的幸福。

我不想破壞現狀。

逆著漸強的海風，我脫下鞋子，赤腳走到沙灘上。

這裡是海島的邊緣處，有著寬廣無垠的大海。蔚藍的海水波光起伏，大浪時而沖上岸邊，淹及我的腳踝，偶爾還要小心避開被浪沖來的螃蟹。

我本來正想爬上沙灘旁邊一塊黑色的大石頭，但這塊大石頭越看越眼熟，我忍不住一愣。

「這石頭是……」

撫摸著黑色大石頭，記憶也逐漸浮現。

「在上一次的時間線裡，櫻……或者說幻櫻……她陷入瓶頸時，為了幫助她，我悄悄跟來了……當時幻櫻就坐在這塊大石頭上，她很快就發覺了偷偷尾隨的我……」

那時我還被幻櫻揍了，那是令人印象深刻的一幕，至今記憶猶存。

「妳……妳為什麼亂揍人？我才剛靠近而已！」

「哼，制裁一個尾行少女的變態，這揍人的理由夠充分吧？」

「哪裡充分了啊！」

當時我跟幻櫻常常吵架，大概是因為我在幻櫻眼裡根本是個笨蛋的緣故，她常常對我投以鄙夷的眼神。

而且因為常常湊巧看到她的裙底的關係，她對我也充滿警戒心。

「所以你果然是喜歡跟蹤少女的變態吧？」

「才不是！」

「那你來這裡幹麼？這裡這麼偏僻，平常應該不會有人來。」

「哼，我柳天……」

「——螺旋搏擊！」

「嗚噗！」

「啊……真抱歉，因為感覺到你好像要說廢話，所以不小心出拳阻止了。」

「一般有人會用拳頭阻止的嗎！」

……好懷念。

現在回想起來，那彷彿是很久很久以前的事了，但每一幕，每一句對話我都無法忘懷。

而且……

而且，也就是在這裡，我把狐面墜飾送給了幻櫻。

也就是從幻櫻收下狐面墜飾的那一刻起，我也察覺到，幻櫻對我的態度有了微妙的轉變。

那微妙的轉變究竟是什麼，我說不清。只知道幻櫻之後對我好了一些，揍人時下手也輕了一些，而且望著我時的眼神，也溫柔了一些。

正是這許多的一些，逐漸讓我們彼此之間的羈絆加深。

而且狐面墜飾，對於幻櫻來說，顯然也是意義重大。

「在取回記憶後，我想通了很多事。大概……在晶星人人工智慧『九千九百九十九號』裡隱藏的思念體，就是幻櫻殘存於世的所有存在……

「但是……幻櫻依靠努力與意志力，還有強烈無比的眷戀，將連灰燼都稱不上的殘餘……那僅存的思念與執念，附著在狐面墜飾之上……

「幻櫻的付出，展現了成果。

「因為，那微少無比……只有一絲一毫的思念……在最後關頭喚醒了我，使我想起過去的一切……

「用自己的命，換了我的命回來，就算連身軀都沒有了，妳也依舊在擔心著，關切著……不中用的我嗎……」

緩緩爬上黑色的大石頭，我坐在幻櫻曾經坐過的同一位置，內心的感傷不斷累積，幾乎就想要落淚。

但是，我拚命忍住了那眼淚。

「……我不能再輕易掉淚。如此軟弱的自我，等同於對幻櫻覺悟的輕蔑。

「她……希望我快快樂樂地生活。

「她……不會希望我掉下眼淚。」

我深深吸了一口飽含溼氣的海風後，在控制情緒之餘，緩緩吐出那口氣。

「將『過去的我』以及『未來的我』一併斬除後……我掌握了『現在』。
「哪怕『本心之道』產生了裂痕，身為寫作者的我已經受傷了，我也不能倒下。
「……因為……」
因為，只有這樣……才能將那刻骨銘心的回憶，用最有價值的方式予以回報。
在黑色大石頭上坐了一整天，夕陽西下時，我緩緩站起，準備返回C高中。
在離開這片沙灘前，我回過頭，看了這片回憶之地最後一眼。
有一瞬間，我的目光彷彿穿越了時空，看見昔日的自己與幻櫻。
已經送出狐面墜飾的我，站在幻櫻的面前，而收下禮物的幻櫻，則流下眼淚。

「什麼嘛、什麼嘛、什麼嘛、什麼嘛、什麼嘛、什麼嘛、什麼嘛、什麼嘛，你搞什麼——！為什麼要對我這麼好!?
「人家……我……上次在海邊明明對你很凶……明明對你說了那麼過分的話……
「不是說自己是一無是處的人嗎？不是說自己是獨行俠嗎？那就照你平常的作風，照你對一切都置身至外的態度……不要理會我啊——!!」
像是小孩子洩忿似的，櫻用力捶我的胸膛一拳。
那個昔日的我，身軀沒有絲毫動搖，默默承受了那一擊。
見他這樣，櫻眼淚掉得更厲害了，眼睛哭得稍微腫起。
「這樣子的我，一直揍你、一直吐槽你、一直凶你……你不要對我這麼好！對別

人無條件付出溫柔，是會受傷的，你懂不懂！」

昔日的我點點頭，說他明白。

摸了摸櫻的頭髮，昔日的我的語調變得很溫柔：

「沒關係，我早就已經習慣受傷了。」

「不要擅自把話說得這麼帥氣！」

「嗯。」

「不要對別人這麼好！」

「嗯。」

「不、不要輕易就牽別的女孩子的手！」

「嗯。」

不管幻櫻說什麼，昔日的我都只是輕聲答應。

最終，幻櫻緊緊抓住我，將頭靠在我的胸口處，大哭一場。

「……」

我收回目光。

在朝著C高中邁出腳步的同時，我也記起那時候，我跟幻櫻手牽著手一起走回去。

與昔日相比，現在只剩下我一人。

但是……

「現在的我，已經不是那個時間線裡……拋棄寫作，只能身為書評，窩囊地待在怪人社裡閒度時日的柳天雲……」

「就算只剩下我一個人……我也已經變得很堅強很堅強，不會讓妳再次失望。」

所以……

「所以，請妳再等一下。

「我柳天雲……不會敗。不管對手是誰都不會敗，我會贏得最終一戰……就像曾經的妳拯救我一樣……」

我穿越樹林，踏入幽暗的光線中，透過那無數樹木之間的空隙，我能看見遠處綻放著光芒的C高中。

「這一次，輪到我來拯救妳了。」

道心受損，是心靈最難恢復的傷勢。

「本心之道」上產生的裂痕，直到離開「轉轉金庫君」過三天後，也沒有恢復的跡象。

當初幻櫻會跑到海邊獨處，實力陷入瓶頸期，也是因為道心受損。

幻櫻也就是晨曦，她的天賦之高、實力之強無庸置疑，但就連這樣的她……陷入這樣的瓶頸時，也難以靠自己的力量脫身而出，必須等待讓道心痊癒的契機出現，才能使道心復原——並且，經歷那破而後立的危難後，藉此更上一層樓。

「道心痊癒的契機……嗎？」

與幻櫻陷入瓶頸那時不同的是，我沒有人可以商量，當然也就缺乏這種契機。

「我已經從怪人社的成員身上……得到了太多太多溫暖……而且她們也都是孤獨中走出，所以……」

所以，不能再給她們添麻煩了。

雛雪的孤獨，源於不被任何人理解的痛苦，這痛苦帶來了遠離他人的意念。所以雛雪在進入怪人社的起初，才會獨自坐在角落的垃圾桶上，不與任何人接觸，於角落悄悄觀察眾人。

風鈴的孤獨，源於害怕受到傷害的怯懦，與姣好外貌帶來的人氣相比，她微小的勇氣無法承受眾人的目光。所以風鈴躲了起來，獨自在房間裡寫作，這一寫，就是許多年。

沁芷柔的孤獨，源於表面與內心的落差。看似高嶺之花的沁芷柔，既漂亮又受到歡迎，而沁芷柔也表現出與此相符的風采。但這樣子的她，是眾人期待下所形成的她，善於揣摩筆下角色性格的少女，卻不擅長面對內心的自我。

而且追根究柢，她們都是因為我……才會來到怪人社。

雛雪是想理解獨行俠的本質，風鈴是追隨憧憬多年的前輩，沁芷柔是想排除幼時回憶的痛楚。

「風鈴……雛雪……沁芷柔……嗎？」

這三個人的名字，經過這段時間的相處，早已化為名為羈絆的烙印……銘刻於我的記憶最深處，我一輩子也無法忘懷。

所以，不能再給她們添麻煩了……

「不能……再帶給她們更多痛苦。」

在上一條時間線裡，我的意志沉淪，而因為我才加入怪人社、與我充滿關係牽連的這三名少女，也沒能獲得救贖。

換句話說，幻櫻的犧牲，在這條時間線改變了我之後，也間接拯救了她們，使風鈴、雛雪、沁芷柔……每個人都擁有嶄新的表情。

那表情，或許不是永遠的笑臉，但哪怕行走於艱辛的寫作之道，嘗遍飽含辛、辣、苦、酸的滋味，她們也絕不會輕易哭泣。

「──所以，不能再給她們添麻煩了!!」

於內心，於言語上，這想法化為誓言般，牢牢盤踞在內心深處。

風鈴、雛雪、沁芷柔……她們只要能開開心心地露出笑容，這樣就足夠了。

經歷了昨天的請假，今天最早抵達怪人社的人是我。

最近每天早上八點鐘，我們就會進行第一堂社團活動，我提早了半小時到。

「這麼早來……還是第一次。」

怪人社裡靜悄悄的，只有窗外偶爾吹進的海風，以及風吹動桌上擺放的輕小說時，書頁遭到快速翻動而發出「嘩啦啦」的劇烈響聲。

那海風壓闔我的雙眼，也吹走些許心中煩悶。

這時候，遠處傳來輕輕的腳步聲。

過了不久，風鈴也進入教室。

「啊、前輩，早安。」

並非出於他人吩咐，一直以來風鈴都自動自發地提早到達教室，擦拭黑板、整理粉筆、把亂掉的書籍歸回原位，這樣子的行為，風鈴持續將近一年。

在背後默默付出，將大家的幸福當成自己的幸福，這是獨屬於風鈴的溫柔。

只是，他人的幸福，終究無法填補內心的空虛……直到進入怪人社後，交到了朋友，風鈴自己終於也能夠幸福起來。

是啊。不止對他人溫柔，也對自己溫柔，這才是能真心誠意地露出笑容的方法。

「……」

話說……笑容嗎？

注視著風鈴苗條的背影，我忽然很想看看風鈴的笑容。

「那個……風鈴。」

我對突如其來的想法感到不好意思，猶豫地呼喚風鈴。那聲量之微弱，連我自己都嚇一跳。

「前輩，請問有什麼事呢？」

正在擦拭黑板的風鈴，半轉身看向我。她轉身時，梳得十分整齊的馬尾微微晃動著。

與風鈴對視的瞬間，好不容易撐起的膽量又打了折扣。不過，也因為對象是風鈴，我才會興起這種念頭吧。

做好心理準備後，我乾咳一聲。

「那個……就是啊……可不可以……」

我有點心虛地移開視線，才終於提出要求。

「……可以笑給我看嗎？」

「咦……？」

在輕「咦」過後，風鈴沉默了兩秒。

因為等不到答覆，我忍不住再次向她看去，卻發現風鈴臉紅了起來，低下頭去看自己的鞋尖。

「那個……如果前輩想看的話……可以哦。」

風鈴把手背在背後，有點不安地用單腳鞋尖踢著地面。接著，她像是好不容易鼓起勇氣那樣，面孔轉向我，露出一個帶著緊張、不安和害羞……卻無比溫柔的微笑。

那笑容之美，堪稱驚心動魄。

原本就長得很漂亮的風鈴，此時展露出來的俏麗容光，足以使任何正常男性陷入呆滯。

「……」

我當然也是正常男性，所以意識不受控制地看了風鈴許久。

……如果是在遊戲裡，這大概就是魅惑技能吧。而且是S級的高級技能，屬於會被評為破壞平衡的罕見招式。

喀啦——

「哼啦啦～～哼啦啦～～」

這時候，教室的大門忽然再次被拉開。

沁芷柔踏進教室，原本正在哼著某種曲調的她，看清教室內的狀況後，盯著正在對望中的我們，露出驚訝的表情。

但是那驚訝很快化為不悅，她嘴角一撇，硬生生從我們兩人之間穿過，用力拉開椅子，雙手盤胸重重坐下。

「……」

「芷、芷柔，怎麼了嗎？」

望著神色不善的沁芷柔，風鈴猶豫了一會兒，弱弱地詢問對方。

「什麼也沒有！」

一邊回以不滿的語調，沁芷柔偏過頭去。

這傢伙……唯獨這點跟小時候一模一樣啊。

小時候與沁芷柔一起對抗「惡霸小鬼五人眾」的往事，慢慢浮現心頭。

以二敵五，毫無疑問是艱辛無比的戰役，即使不如聖盃谷之戰裡的防守難度，也相去不遠，畢竟我們可沒有援軍。

「……所以你不需要朋友，也不需要夥伴嗎？」

當初小沁芷柔的疑問，我至今依舊能清晰想起。小時候的我不知所措，最後選擇逃避現實，以傷己也傷人的方式做為道別。

但沁芷柔沒有放棄，她依舊用自己的方式，再次接近了我。

直到長大後，在「轉轉電影君」裡，歷經無數成長後的我……才終於能夠對當年的問題做出答覆，向沁芷柔提出了朋友邀請，並與她成為真正的朋友。

……是啊。

現在我也有朋友了，我不再是一個人。

我不想看到朋友哭泣。幼年時期的小沁芷柔，在道別的那個夜晚裡，一邊喊著「大笨蛋、大笨蛋、去死吧」跑遠的悲傷身影，令曾經的我必須選擇催眠自己遺忘，好麻痺那直沁入骨的悲傷。

從那哭泣的小小身影一路走來，現在沁芷柔也長大了，變得更加可愛，更加出色，生活也更多采多姿。

所以，我也想看見沁芷柔的笑容。

「……可以笑給我看嗎？」

面對沁芷柔，我鼓起勇氣再次將這句話出口。

「不要！」

考慮不到半秒鐘，原本就相當不爽的沁芷柔，乾脆俐落地拒絕。

「為什麼人家非得笑給你看不可啊？」

倔強的態度令人搖頭苦笑，就在我打算放棄時，沁芷柔忽然看了看風鈴，又看了看我。

她思考了片刻，接著像是得出某種結論那樣，露出懷疑的表情。

「喂……你剛剛不會也這樣要求吧？要求狐媚女笑給你看。」

我有點尷尬，但因為不想撒謊，只好點頭承認。

風鈴見狀臉又紅了，有點不安地玩弄著自己的手指頭。

「……………………………………」

沁芷柔神情忽然變得有點陰沉，閉著眼睛思考許久後，接著她猛然站起身，動作之大差點把椅子撞翻。

然後她左手扠腰，伸出右手，居高臨下地指向坐著的我。

「聽好了，本小姐就大發慈悲地笑給你看吧！但我可不是因為喜歡才這樣做的哦？只是因為狐媚女既然都笑了，在各方面都要超越她的本小姐當然不能認輸，笑的原因僅此而已，你可不要產生多餘的誤會!!」

在說話時，她的臉就像熟透的蘋果那樣，甚至比風鈴更紅潤。

「呃……即使妳這樣解釋……」

不過，即使沁芷柔這樣解釋了，我還是無法理解她微妙的情緒轉變。

算了，感覺這裡還是不要深究比較好，否則我有沁芷柔會更生氣的預感。

得出結論後，我等待著沁芷柔的笑容。

「……」

沁芷柔果然笑了。她的笑容也相當可愛，只是……

我舉起雙手合十，朝她鄭重拜託。

「表情可以柔和一點嗎？」

「什麼啊？已經足夠柔和了吧!!再說高貴的本小姐明明都已經笑了，你的要求也太多了，只不過是區區的柳天雲!!」

氣得吹氣鼓起臉頰，此時的沁芷柔就像嘴裡塞滿食物的倉鼠那樣。

看到她的樣子，再想到她那不管何時都不肯服輸的倔強，我忍不住笑出聲。

「哈哈哈……哈哈哈哈……我可真是服了妳……哈哈哈哈……」

氣氛在瞬間變得愉快起來，風鈴也輕輕笑了。

沁芷柔看我們都笑了，困惑些許時間後，她嘆了口氣，然後自己也忍不住嘴角的上揚。

喀啦——

就在我們三人笑成一團時，教室大門忽然又被拉開。

懷裡抱著繪圖板的雛雪登場。她今天穿著熊熊布偶裝，處於第一人格的她，面無表情地走進教室。

「？」

看著教室裡笑著的三人，雛雪歪了歪頭。

趁著氣氛正好，我鼓起勇氣也向雛雪提出要求。

「雛雪，可以笑給我看嗎？」

才剛把繪圖板放在桌上，雛雪的身形一頓。

「……」

雖然雛雪沒有拒絕，但是卻陷入有點為難的沉默中。她那對愛心眸，微微睜大盯著我看，那是會讓所有尷尬一口氣湧上的視線。

處於第一人格的雛雪，臉上一向缺乏表情。

雖然最近慢慢願意開口說話，不過只要處於第一人格，那張撲克臉依舊沒有軟化的跡象。

既然提出「請笑給我看吧」的要求，會使雛雪陷入沉默，也就是說，這個要求果然還是太強人所難了嗎……？

這時候，雛雪像是想到了什麼。

「……啊。」

發出「啊」的一聲，握成拳的右手輕輕搥在左掌心裡，雛雪似乎想到解決問題的方法。

於是，雛雪認真地與我對望，開始說明自身的盤算。

「……可以改露胸部嗎？還是學長喜歡大腿？」

「──喂喂！！！！！！」

雛雪的回答讓旁聽的三人都嚇一跳。

還有，露出笑容對妳來說，竟然比露胸部或露大腿還難嗎!!妳是痴女星球移民過來的吧!!

或是出聲阻止，或用手勢搖晃拒絕，大家花了好一番功夫，才終於阻止雛雪正在脫下熊熊布偶裝的動作。

然而，自認為「完美」的替代方案遭到阻止，雛雪有些愕然。

「……為什麼阻止？是因為雛雪今天沒穿胸罩的關係嗎？」

「給我好好穿上胸罩啦!!妳這色情痴女大變態！！！！感覺光是靠近妳就要被傳染痴女病毒了！！！！!!」

已經被刺激到近乎崩潰的沁芷柔，受不了地放聲大叫。

雛雪秀氣的眉毛微微蹙起，這對處於第一人格的她來說，已經是很大的表情變化。

「……真是失禮，雛雪可不是因為自己喜歡才不穿胸罩的。」

只是，她那篤定的態度，從容的解釋語氣，讓在場其他人都有所遲疑。

莫非背後有什麼正經的原因，或者苦衷？

體貼的風鈴大概也這麼想，於是她開口問：

「那、那個……請問有什麼原因嗎？」

雛雪則毫不猶豫地給出解釋。

「……為了學長使用上的方便，這是雛雪必須付出的犧牲，順帶一提，就連內褲也……」

雛雪還沒說完，下面的話就被崩潰的大喊聲徹底掩蓋。

「呃啊啊啊啊啊啊——!!趕出去，把她給我趕出去！本小姐要受不了了，我真的要中毒了，光是同處一室就要中痴女病毒了啦——！！！！」

抱著頭大叫的沁芷柔，那混雜著憤怒與崩潰的複雜表情，將原先的美貌破壞殆盡，實在令人同情。

「狐媚女——!!妳也來說說這傢伙，用盡全身的力氣狠狠教訓她!!」

「那、那個，風鈴覺得這樣……有、有點……那個……不太好……」

「妳這慢吞吞又溫柔的語氣是怎麼回事啊!!給我狠狠說她一頓——啊啊……本小姐知道了，該不會妳們是同一掛的吧？低級!!變態痴女二人組!!」

「咦、咦咦？風鈴才不是痴、痴女什麼的呢……」

不知不覺之間，怪人社的大家已經吵鬧起來。

雖然看起來像是在吵架，但是，這就是這群難以誠實面對內心情感的怪人……表達友誼的方式吧。

這是獨屬於她們……不，應該說獨屬於怪人社的交流方式。

我靜靜在旁邊注視她們，就連處於第一人格的雛雪，臉上也慢慢有了笑容。

「笑容……嗎？」

是啊，雛雪也學會笑了。

她已經能夠坦承面對自己，即使不變化為第二人格，也能露出真心誠意的笑容。

可是，眼前笑鬧的怪人社，卻讓我陷入心情複雜的沉默中。

「因為……」

因為，眼前的幸福，是用幻櫻的生命做為交換，才能體會的珍貴之物。

代表歡笑的無垠高塔，卻建築在無盡的痛苦之地上。正因為住在塔裡面的人不知情，這份歡笑才會如此令人心痛……如此令人黯然神傷。

……也並非虛假。

大家的幸福、笑容、快樂，其實絕非虛假。為了走到這一步，即使是處於相對安穩的高塔裡，風鈴、雛雪、沁芷柔也付出了無數心血。那心血裡更多的是悲傷，在傾盡全力後，才終於將內心的空洞填補而起，換來今天的平穩局面。

如果是另外的我，不管是化為「寫作之鬼」那個未來的我，或是斬盡一切情感成為獨行俠的「過去的我」，都會以為眼前的一切，只不過是虛假的幸福，如水面上的倒影那樣模糊……且不真切。

可是，正因為是「現在的我」，才能看清那複雜的情感，所堆砌而起的背後真相吧。

……是確實存在的。

現在的一切……現在的怪人社，並非水面上的倒影，而是真真正正存在於水面之下。只要願意伸手去觸及，即使阻隔雙方的水再怎麼寒冷，哪怕跌跌撞撞地一再找尋，只要鍥而不捨地拚命追尋，終究還是能牢牢抓住……那由溫暖情感所構成的真實。

怪人社眾人的情感，與幻櫻的逝去同樣是真實之物，只是雙方以不同形式存在罷了。

「必須拯救幻櫻，但也得守護怪人社大家的笑容……」

「就算陷入進退兩難的絕境，那幾乎已經不存在的希望，就由我來找出！」

注視著大家的笑容，我暗暗下定決心。

第四章
廢柴零點一下剋上

今天怪人社也拚命進行訓練，在上了五堂課之後，因為老師在準備下一堂課的教材，我們獲得二十分鐘的中場休息時間。

休息時間裡，我整理著厚厚一疊寫滿字的稿紙，一邊進行思索。

「希望……嗎？」

希望與奇蹟同理，都是由努力與信念構築之物，人如果不邁出腳步，註定只能迎來空洞的結果。

所以，我必須有所行動。但盲目的行動也將招來毀滅，所以我在謹慎地思考前因後果，進而找出關鍵。

「那麼……我要怎麼找出希望呢？」

這時候，教室裡雛雪、沁芷柔又開始鬥嘴，風鈴大概是為了勸架而被捲入其中，三個人妳一言我一語亂成一團。

對於這些怪人的紛爭，我早已習以為常，說是日常也不為過。

對了，她們在吵些什麼呢……？我集中注意力，傾聽周圍的動靜。

「……雛雪只是在畫色情漫畫而已，又不是少年漫畫，可以不要拚命指責雛雪嗎!?被這樣欺負就算是雛雪也會難過的喔！難過到等級都要下降了哦!!」

「——等級下降是什麼鬼!!還有妳要畫什麼類型本小姐才懶得管呢，這種隨便怎麼樣都好的東西，就用『嗚啪』這種隨隨便便的狀聲詞帶過就可以了啦!!」

「……那為什麼妳搶走雛雪的繪圖紙，揉成一團塞進垃圾桶裡!!狡猾，言行不一致，惡毒巫婆!!就算是雛雪，碰到巫婆也是會生氣的哦!!如果不給出解釋的話，雛雪就……」

「——囉唆囉唆囉唆死了!!要不是妳的色情漫畫的女主角長得跟我一模一樣，本小姐才不想浪費時間理妳!!」

啊……啊啊……才聽幾句就讓人渾身感到無力，這些傢伙的爭執一如往常沒什麼意義，而且令人升起吐槽的衝動。

……不過，或許這些傢伙的友情表現就是如此。

在怪人社剛成立時，她們是不會這樣吵架的。只有敞開心扉、以真正的情感直面對方，才能產生這樣子的交流吧。

「話說……交流嗎？」

——!!

在腦海裡掠過「交流」這個詞彙的瞬間，我忽然模模糊糊地聯想到某件事。

與此同時，一股隱約的恐懼也開始竄生。

我慢慢轉過頭，看向幻櫻昔日的座位。

那座位，自從幻櫻消逝，再也沒有人使用過。或許是出於下意識的習慣，幻櫻的桌椅一直沒有被撤除。

「……」

很明顯，幻櫻自己也知道，在她的生命消逝後，現存於世的一切痕跡……乃至所有過往的羈絆，都會從我們的記憶裡消失。

可是，就算事情如此發展……幻櫻與我們一共歷經兩次時間線，那已經建立太過長久的痕跡與羈絆，如同灰燼裡跳動的殘存餘火那樣，終究會在記憶裡留下星星點點的殘餘火種，等待時機再次併發而出。

「過去的我」與「未來的我」，之所以會在我的意識裡誕生，正是因為渴求著那殘餘火種，正是因為嚮往著僅有的希望——所以才會一再出現於夢境、幻覺裡，不惜以挑戰「現在的我」的冷酷形象出現，也要換取拯救幻櫻的可能性。

說穿了，不管是過去、現在，乃至未來，走向三條不同道路的我，卻都有著相同的目的。因為無法忘懷那銀白髮色的身影，所以我們才會存身於此，邁步向艱困的寫作之道。

「幻櫻……在她即將消失之前，她刻意淡出眾人的圈子，變得沉默寡言……」

現在想起來，冰雪聰明的幻櫻，正是為了減少留存在我們記憶中的殘餘火種，所以才刻意削減自己的存在感，想在自己逝去後，我們可以幸福快樂地邁向明天。

可是，如果那明天註定缺少一名夥伴……如果那明天註定要建築於犧牲與悲傷之上，那無論如何，也不會成為眾人所期待的未來。

在短暫的時間內，我忽然明白幻櫻當初的用意。

但也因為明白幻櫻的用意，內心才會滋生恐懼，一發不可收拾。

「想到了……我想到了……」

之所以會感到恐懼，是因為我已經看清了……與「過去的我」以及「未來的我」不同的抉擇，也就是本來不存在的……「第三條道路」！

這所謂的「第三條道路」，前方景色所代表的意義，讓已經成為不純粹獨行俠的我感到恐懼，讓已經在怪人社裡交到朋友的我覺得不安，讓……已經習慣與夥伴並肩而行的我，感到心頭發顫。

過去的我，走的是「獨行之道」。捨棄過往的友人，將寂寞做為食糧，只醉心於自身的強大——最後，孤獨將會化為階梯，使過去的我，攀上無人可敵的顛峰俯視眾生。

而未來的我，走的是「絕情之道」。斬斷多餘情感，剷除所有障礙，以淚……以血……以殺成道，化身為鬼，也將所有的痛苦與悲傷化為變強的契機，舉世皆敵，心中除了勝利再無他物，藉此燃起那不滅的霸者之火。

而我所想到的……也就是現在的我所能走的，那能與「獨行之道」與「絕情之道」匹敵的道路是……

……「無我之道」。

第三條道路，名為「無我之道」。

與本來的道路「本心之道」不同。「本心之道」雖然穩妥，走的時間長了，當然也能到達極致，但卻費時長久……加上使用過「真幻與歧路之鏡」後，「本心之道」的道心未癒，如果想要在最終之戰裡成為絕對王者，換取拯救幻櫻的最大保證，這條路已經無法選擇。

而第三條道路「無我之道」，則能快速變強。只是，做為劍走偏鋒的懲罰，走上這條路，我勢必得付出沉重的代價。

「無我之道……是淡出。

「淡出怪人社，淡出所有人的身邊……遺忘現在的一切，身化為空，心化為空，所有的情感……也化為空。

「在放棄一切後，才能讓我的寫作之道……浴火重生。走上這條道路的我，在失去所有後，將除了寫作之外一無所有……

「相對於其他擁有情感，擁有羈絆的人……那個失去所有的我，將以我的全部、我的唯一……去對抗他人的一小部分，這樣子的我，又怎麼能敗，怎麼會敗……」

「無我之道」，乍看與「未來的我」所走的絕情之道很像，但本質上卻截然不同。絕情之道是碾壓，是捨棄，以霸絕天下的氣魄碾壓一切。

而無我之道……則是淡出，是遺忘，在失去一切情緒後，無中生有，重新建立起除了寫作之外一無所有的內心世界。

「……」

我怔怔地望著幻櫻的空位。

如果要踏上無我之道……換句話說，必須得像幻櫻那樣，慢慢淡出眾人身邊。不像「過去的我」那樣與眾人決裂，也不像「未來的我」那樣將友人視為獵殺對象——而是將一切淡化成空，直至為無，這樣子，那些過去的朋友，既不會受到傷害，也不會有所悲傷。

舉個例子來說，如果在中學時，遭到同窗三年的摯友狠狠背叛的話，過去所有累積起來的友誼……也將會瞬間化為蝕骨鑽心的毒藥爆發，在內心留下或許一輩子也無法復原的傷疤。那友誼越深，傷勢也就越重。

但是如果換個角度思考，同樣是同窗三年的摯友，雙方在上了高中之後分飛兩地，從此斷了聯繫……時間會淡化一切，那友誼隨著時日變遷，在自己內心的重量也會越來越輕，直到再也無關痛癢為止。友誼終究會被光陰之河沖刷殆盡，再也不留絲毫。

同樣歷經友情的消逝，但兩者受到的痛苦程度，卻是天差地遠。

「過去的我」與「未來的我」，他們各自選擇的兩條路，都會在朋友的內心留下不可抹滅的傷痕，她們的笑容將從此失去，再也不復以往。

「然而……現在的我，如果逐漸淡出，走上第三條路……就可以保護眾人不受傷害。

「怪人社的大家，就可以繼續保有幸福，就可以……繼續露出笑容。」

……是啊。

幻櫻讓自身的存在，逐漸從我們身邊淡出時，怪人社的大家不也在笑嗎？怪人社的大家……不也能保有幸福嗎？

為此，幻櫻必須受到無盡的內心折磨，只能獨自縮在暗處流淚，但她的行為，換來的是光明面的眾人的快樂。

幻櫻曾經很痛苦，她也以這份痛苦拯救了我……

「所以……現在輪到我了。」

以這種不讓其他人受傷的方式，逐漸淡出眾人身邊，踏入「無我之道」讓自身變強，無疑是現在最好的選擇。

可是……

可是，我早已成為不純粹的獨行俠。

早已習慣眾人的陪伴，習慣眾人的笑容……習慣眾人言語之間帶來的溫暖，那是曾經身為純粹獨行俠的我無法觸及的事物，在擁有一切後，卻必須親手將其拋棄，所以我才會感到恐懼滋生。

「再次……成為一個人……」

「再次……變得一無所有……」

雛雪、風鈴、沁芷柔、輝夜姬、桓紫音老師……必須脫離這些人所構成的溫暖圈子，重新回到冰冷的黑暗中。那黑暗中伸手不見五指，甚至連自身的聲音……都會被淹沒在虛無中。

想到這裡，我忍不住就要落淚。

在當初身為純粹獨行俠時，早已被冰封的淚腺，因眾人的溫暖而復甦，現在也因眾人想要落淚。

不過，我並沒有抉擇的餘地……沒有吧？

我必須變強。

我必須……取得願望，拯救幻櫻。

所以，在想到這個不傷害其他人的「無我之道」的瞬間，結局早已註定。

我得踏上這條新的道路，才能重回顛峰，換取不輸給任何人的強大實力。

我慢慢移動視線，看向依舊在爭執中的雛雪、沁芷柔，以及勸架中的風鈴。

她們雖然在吵架，但卻是快樂的。那是只有朋友相處才能帶來的快樂，既無可取代，也獨一無二。

透過已經有些模糊的淚眼，我看見風鈴帶著傷腦筋的表情，試圖插進吵架的兩人中間。

「那、那個……芷柔、雛雪，別吵架了，大家言歸於好吧？吶，好嗎？」

這時，我想起風鈴曾經所說的，就像我們撰寫過大量的輕小說那樣……一文一世界，說不定我們也是某本輕小說裡面的人物，有一個創造我們的輕小說家存在。

但是……就算我真的是輕小說裡的人物……

「……只有最惡趣味的輕小說家，才會這樣給予角色痛苦……才會在給予一絲希望後，自那希望中……又看見了無比的絕望……」

連喃喃自語都開始哽咽。

「為什麼……要自絕望中給予我柳天雲希望……現在卻又要把這希望剝奪……

「為了拯救一份情感，就必須犧牲另一份情感，這是何等殘酷……」

如果是以前的我，恐怕眼淚早已奪眶而出。但因為幻櫻的犧牲，我早已決定不再輕易落淚。

在被人發覺眼中隱約的淚光之前，我已經躲到走廊轉角的暗處裡，避開眾人。

「我只是想要朋友，只是想要大家都好好活著……想要大家都能快快樂樂……一起笑鬧，一起玩耍，一起學習，也一起成長……要求僅此而已。追求著如此卑微而渺小的願望，難道很過分嗎……很過分嗎……」

明明只是喃喃自語，但話出口時，連我自己都嚇了一跳。

因為那聲音幾乎不受控制，聽起來既似哀求，又像痛苦的哀號。

就像被內心的苦痛所吞噬，說到後來話聲漸低，甚至連我都快要聽不見自己的聲音。

但是這痛苦，被我隱藏在暗處中，不能被其他三名少女聽見。她們的笑鬧，與我的悲傷形成鮮明的反差，正是為了守護她們現在的笑容，我才必須選擇踏上「無我之道」。

「我只是想要……大家都能夠更加幸福……這樣子……不可以嗎？這種想法……太過奢侈了嗎？」

這低語，得不到任何答覆。

因為，在那註定通往悲傷的未來，沒有所謂的正確答案。

曾經，在即將逝去的前夕，幻櫻所擁有的，僅僅是不被任何人察覺的絕望。

時過境遷，在歷經無數事件後，那歷史的齒輪再次轉動，將我狠狠捲進同樣的困局裡，無法脫身而出。

自眾人身旁淡出，遠離大家的好意，擁抱冰冷的寂寞……哪怕刺骨的寒意傷及自身，也不能動念迴轉方向，走向朋友共同構築的溫暖光圈。

因為……

「因為，我已經沒有選擇了。」

想要復活幻櫻，我就必須變強……變強……再變強。

如果說，變強的道路也有盡頭，能走到那盡頭上的人物，必定擁有天下無雙的風采。

為了擁有那風采，為了明瞭那變強的盡頭是否存在，所以每個人都必須擁有自己的寫作之道。踏上自己的道掙扎前行，才能不斷瀏覽前方的新的風景，窺探對於每個人來說獨一無二的世界。

就像輝夜姬擁有的是「大義之道」，飛羽擁有的是護衛輝夜姬的「守護之道」，每個人都有屬於自己的道路。

以前，我也擁有過「本心之道」。

可是，為了在短時間內變強，我必須毀壞自己的道路，改為走上能夠使實力速成的「無我之道」。

哪怕對此刻的我來說，「無我之道」已經近乎邪道，前進的腳步也不能絲毫停緩。

「但是，在不屬於自己的道路上，以這樣子的步伐前進，遲早會舉步維艱……」

拋棄原先道路的人，也會被道路本身所遺棄。也就是說，曾經在本心之道上走出極遠距離的我，在背心而行的此刻，腳下所踏的道路，所建立起的內心世界，都會不斷崩塌淪陷，直到自我毀滅為止。

「所以……就算在最終一戰裡贏過了所有人，復活了幻櫻……往後，在寫作之道上，我也將就此止步……隨著時日流逝，我將被所有人一一超越，再也無法翻身而起……

「……這就是崩毀道心，燃燒寫作意志，換來虛假強大的代價。」

就像當初的幻櫻一樣，我開始慢慢遠離怪人社的大家。

先從沉默寡言做起，對於眾人的話題，我盡量不去參與。

而且在社團裡練習寫作時，我也開始放水，不使出全力。

在寫作實力至上的環境裡，強大的輕小說家到哪裡都會受到尊敬，這點在六所高中都一樣。

「幻櫻……直到現在，我才明白妳的用意……」

幻櫻當初維持在校排名十九，大概也因為如此吧。

缺乏實際利用價值的人，往往是最容易受到忽略的對象。

如果我當初一直表現得平平無奇，我不會被選入怪人社裡，也無法嶄露頭角，不會成為C高中眾人所傳頌的「大英雄」。

想慢慢淡出眾人身邊，第一步就是要與大家產生落差，將身上的光芒抹滅，進而縮入不起眼的角落裡。

於是，在踏上「無我之道」的第一天，桓紫音老師像平常那樣進行輕小說評點，面前厚厚一疊稿紙的她，逐個查看大家的作業。

她先是評點沁芷柔。

「不錯、不錯嘛，乳牛，今天進步不少，旁白描述變得很靈活。就連活了三萬三千年的吾都忍不住想要誇讚，這可是很少見的事。」

「哼哼……這對本小姐來說，是輕而易舉的事哦？」

沁芷柔驕傲地抬高臉孔。

「……明明思考的養分應該都跑到胸部去了，卻能不斷進步呢。太狡猾了，雛雪覺得太狡猾了喔，簡直就像開密技修改角色身材的外掛那樣哦!!」

雛雪在旁邊小聲地補充。

「──妳說誰養分都跑到胸部去了?妳這悶騷Ｂｉｔｃｈ，妳才是養分都跑到色情成分上面去了！」

「……雛雪覺得色情不會吸收營養。」

「吵、吵死了，不要挑我語病啦!!」

沁芷柔有點惱羞成怒，雛雪則把雙手圈成望遠鏡看向她。

「嗶嗶、嗶嗶嗶嗶——看出來了，雛雪的探測器看出來了!!最近妳胸部又變大了吧？再這樣下去，就連雛雪都差點要嫉妒了!!如果妳學會『胸部差距在一個罩杯以上就不會受到傷害』的魔法，在C高中就無敵了哦!!」

說著很接近性騷擾的話語，雛雪的愛心眸閃動桃紅色的光芒。

照慣例，之後沁芷柔就會臉紅生氣。

「哈啊？妳說什麼？」

果然，沁芷柔馬上露出不滿的表情。

「——不止C高中，如果有那種魔法，本小姐在六所高中肯定都是無敵的!!」

……妳生氣的點原來是這個喔!!還有那種肯定不存在的魔法就別討論了啦!!

雖然下意識在心裡吐槽她們，但我馬上到察覺自己的失態。

……明明已經決定要遠離眾人，這樣子是不行的。

渴望同伴帶來的溫暖與歡笑，維持這種半吊子的心態，「無我之道」根本無法成立。

在想要遠離眾人的此刻，我才明白，自己已經開始害怕孤獨所帶來的寂寞。對現在的我而言，那寂寞太過冰冷，導致直覺性地想要逃離。

我閉上雙眼。

將思緒沉入心靈，可以看見內心裡有一個「現在的我」。他正主動背棄曾經擁抱的光明，一步步投向深邃的黑暗。

那個「現在的我」，腳步充滿猶豫，看起來因為太過痛苦，似乎隨時想要轉身逃跑。

但是，我不能逃。

不能逃、不能逃、不能逃、不能逃不能逃不能逃不能逃不能逃不能逃不能逃不能逃不能逃不能逃不能逃不能逃不能逃不能逃不能逃不能逃不能逃不能逃──

就像要阻止自己的逃跑，並且永遠無法忘懷那樣，我不斷往內心刻下同樣的話語。

「……零點一。」

就在我重新睜開眼睛的瞬間，剛好對上桓紫音老師的雙眼。

已經檢查完風鈴的作業，手上拿著我的作業稿紙的桓紫音老師，她的雙眼裡充滿了……憤怒。

那憤怒，並非平常打鬧玩笑時產生的佯怒，而是確確實實，在不滿情緒累積到極限時，產生的真正怒氣。

桓紫音老師的異色瞳，不光是黑眸裡閃動危險的光芒，那隻赤紅之瞳裡也彷彿有火焰正在燃燒，不斷散發出逼人的氣勢。

「汝……究竟在寫什麼東西？如果是玩笑的話，這絕對是吾見過最差勁的玩笑。」

用帶著停頓的凝重語氣，桓紫音老師向我發問。說話時，她一晃手上的稿紙。

但是，並沒有等到我回答，桓紫音老師就繼續說了下去。

「如果沁芷柔跟風鈴今天交的作業可以拿到九十分，汝的作業只有三十分而已。」

說到後來，桓紫音老師已經不叫社員們的外號了。

她稱呼風鈴與沁芷柔時都是本名。往往發生這種情況，都是老師認真起來的時候。

「……晶星人降臨後過了這麼久，將近一年來，吾的教導，汝的努力難道都是白費了嗎？嗯？汝所交出的作業，連剛加入怪人社時的水準都比不上。

「汝……難道只有這點實力？在最終一戰臨近的此刻，汝竟然交出這種連敷衍了事都稱不上的東西？」

大概是見我沉默，桓紫音老師又補上一句話。

「……柳天雲，回答吾。」

我……

我甚至無法直視桓紫音老師的雙眼。

因為，我確實在今天的寫作裡嚴重放水，才會受到這麼嚴厲的斥責。

……就算現在「本心之道」的道心受損，僅僅是初涉於「無我之道」，靠著多年來培養出的文感與基本功底，我也能寫出優秀的輕小說。

會這麼做，是因為我想要慢慢遠離大家身邊。

雖然看起來方法很愚蠢，但是我只能這麼做，因為——

——我不能再受到眾人的關注。

——如果想要遠離大家，也不能再與大家產生交集。

所以讓大家失望是最好的方法。

不被期待、不被憧憬、不被依賴——只有失去利用價值的人，在名為人生的戲臺上，才能褪去舞者的外裳，從閃耀的鎂光燈下離開。

可是，即使已經下定這樣子的決心……

在看見桓紫音老師那又失望又氣惱的表情時，原本就已經受損的「本心之道」，進一步產生更多龜裂。

面對這一年來盡心竭力教導我們的桓紫音老師，我卻拿出這種表現，內心彷彿受到萬箭穿刺，開始滴落鮮血。

遭到嚴厲斥責的第二天。

這天接近黃昏時，大家照慣例，輪流交出作業給桓紫音老師評審。

我排在風鈴以及沁芷柔後面，在其餘怪人社成員擔心的目光中，我把今天寫的作業……慢慢放在桓紫音老師的桌上。

遞出作業的手已經在發顫，因為這次的成品依舊嚴重放水。

但我必須鼓起勇氣，因為走在這條路上，我不能再回頭。

「……」

桓紫音老師拿起我的作業，靜靜地看了幾分鐘。

審判來臨前的沉默，讓人感到心驚膽顫。

先是憤怒的話聲降臨。

「……出去。」

接著，桓紫音老師將手上的作業稿紙……一張一張撕成兩半。

最後，散成碎片的大量稿紙，自她手上飄落，順著海風撒到我的腳邊。

「……柳天雲，滾出這間教室。」

起先還是穩定的腔調，在與我的雙眼對視的那一刻，驀然爆發。

「————滾出去！！！!!這裡不需要褻瀆寫作的大蠢蛋！！！！！！！」

如火山爆發般的怒吼，傳遍了怪人社，響遍了整棟教學大樓。

桓紫音老師從來沒有這樣發火過，她氣到甚至眼角帶淚，但那無可言喻的憤怒，依舊清楚傳達給所有人明白。

正因為比誰都瞭解我的實力，桓紫音老師才能清楚看出文字裡含帶的鬆懈與敷衍。

所以她才會如此氣憤，帶著恨鐵不成鋼的痛，怒吼出聲。

怪人社其他成員不知所措地看著桓紫音老師，又看看我。

在其他人回過神來之前，我慢慢後退，自一地碎紙上邁步而過……最後離開了怪人社。

從怪人社離開後，我慢慢走到頂樓。

頂樓的風很大，倚在欄杆前，如果回過頭，依稀可以記起幻櫻在這裡的身影。

「好！以後你就是我的奴隸……呃，就是我的徒弟了。」

「為了方便稱呼，之後你就叫做弟子一號，一切都要聽我的話，懂嗎？」

靠著欄杆，我讓背脊慢慢滑落，最後坐倒在地。

仰望著被夕陽染得火紅的雲層，內心滴血的痛苦仍未消散，但更多的卻是茫然。

「……在寫作上讓人感到失望，我柳天雲……有過這樣嗎？

「從小被譽為神童，一路過關斬將，成就無敵之名。哪怕是封筆兩年後復出，原先璀璨的實力光輝，只餘星星點點的殘存火光……我在C高中裡也能排到前三名。

「我所走的寫作之道，從來都是付出所有，付出一切，不留絲毫轉圜餘地。因為退後一步就是萬丈深淵……靠著近乎孤注一擲的努力，才能擁有變得強大的資格。

「可是，現在的我……後退了。於無盡的深淵上，已經半隻腳懸空……那噬人的的寒意，也如芒刺在背般明顯……」

然而，我不得不墮入那深淵。

因為深淵雖然無比黑暗與冰寒，但正因為充滿未知，那裡才有拯救所有人的可能性存在。

「桓紫音老師……她掉淚了。」

在我轉身離開怪人社前，我隱約看見桓紫音老師流下了淚水。內心受傷淌血的不止是我，要把教導將近一年、付出無數心血照顧的學生從社團裡趕出，她才是最難過的人。

明明快要入夏，氣溫相當溫暖，但我卻止不住身體的顫抖，忍不住抱膝縮成一團。

「對不起……對不起……但是，這是我唯一的選擇……我已經沒有辦法了……」

乍看之下殘酷，這卻是我所能給予大家的最後溫柔。

雖然不被接受的溫柔，只會形成銳利的雙面刃，既傷己也傷人。

可是，比起「過去的我」以及「未來的我」，這已經是造成傷害最小的方式。

被桓紫音老師趕出怪人社的隔天，我沒有再去怪人社。

「無我之道」的宗旨，在於淡出。

淡出怪人社，淡出所有人的身邊……捨棄現在的自己，身化為空，心化為空，將所有的情感……也化為空。

藉著放棄一切，讓自己浴火重生……如此一來，才有可能獲得虛假、短暫的強大。

所以我必須離開眾人身邊。

這天，我始終待在圖書館的角落裡獨自練習寫作。

在寫作的過程中，我隱約感到處於「無我」狀態下，寫作實力的飛速提高。那是如揠苗助長般，完全違反常理的進步速度。

變強……變強……變得更強!!這是踏上邪道帶來的唯一益處。

但是，除了強大的實力，將一無所有……就算踏上無人可及的顛峰，眼中所見的只有孤芳自賞的景色，相伴於身邊的唯有死寂。

可是……

「可是……我確實變厲害了吧？比任何時候，都要更接近封筆前那個無敵的我……

「只有這樣才能拯救幻櫻……只有這樣……C高中才能確保得勝，讓怪人社的大家一起存活下來……」

我無法忘記透過狐面墜飾，所重新獲得的過往回憶——

——在上一次的時間線裡，C高中幾乎覆滅，除了幻櫻之外的所有人……都化為光點，緩緩消散於空氣中。

「不能再重蹈覆轍……

「就算原先的道心崩毀，以虛假換取真實，也好過走向通往破滅的死局……

「必須遠離大家……遠離大家……我得變強……我得變強……!!」

如同催眠般的喃喃自語，從口中不斷傳出。

我想藉此堅定自己的信念，遺忘內心不斷湧起的苦悶——直到現在，桓紫音老師那心痛大於一切的神情，依舊時不時浮現眼前。

只是，就在這時……

躂、躂、躂、躂、躂、躂、躂……

圖書館裡忽然響起正在接近的腳步聲，那步伐聲紛亂，來者不止一人。

那腳步聲的主人們，繞過一排排架子後，找到位於角落的我。

「啊、找到了！雛雪看到學長了！」

首先發現我的雛雪，蹦蹦跳跳地接近我，直接坐在我旁邊的位置上。

露出「*ω*」的表情，像貓咪那樣用身體往我身上磨蹭，雛雪笑著提問。

「怎麼了怎麼了？學長是相撲先生嗎？擺出這種失落的表情，會讓雛雪的母愛忍不住發作哦，真的會發作哦!!」

相撲先生是綜藝節目裡的搞笑藝人，身為前相撲選手的他，表情卻十分豐富，最擅長的就是被吐槽後刻意裝出失落的樣子。

「……」

我沒有回答雛雪的話，只是直視擺在桌子上的稿紙。

……是啊，雛雪現在也會笑了，願意直接說話了。

如果像上一次的時間線裡那樣死去，她的笑容也將不復存在。

緊接著，風鈴以及沁芷柔的身影，也從書架後方出現。

「前輩，大家都很擔心你哦，所以一起來找你了。」

擔憂的情緒溢於言表，風鈴一如往常的溫柔。

「一起回社團好嗎？大家一起向桓紫音老師道歉的話，老師一定會原諒前輩的。」

在寫社團作業時放水，這完全是我個人的問題，風鈴卻打算分攤這份過錯，一起向桓紫音老師求情。

風鈴所擁有的，是充分顧及他人的體貼，但對此刻的我來說，這體貼卻顯得太過沉重。

「……」

沁芷柔靠在書架旁邊，雙手抱胸，本來我以為她也會接著發話，但沁芷柔卻露出若有所思的表情，看了我一眼，接著沉浸在自己的思考中。

……——!!

望著大家，我沉默了許久，內心無比苦澀。

明明無理取鬧的人是我。

明明她們可以獨善其身，不用面對生氣時像惡鬼般可怕的桓紫音老師，但她們還是來了，願意再次與我並肩而行。

「……前輩？我們走吧？」

滿是關切的表情，風鈴微微歪過腦袋，朝我露出鼓勵的微笑。

「我……」

我想要回答風鈴，但最後只說了一個字，就感到難以為繼。

因為，隨著風鈴、雛雪、沁芷柔三人的到來，身處夥伴們的環繞，我原先沉浸在「無我」狀態的內心……竟然又開始產生動搖。

……明明打算將心化為空，情感也化為空，但聽到她們的聲音，看到她們的笑貌，我卻感受到已經被棄置在角落的「本心之道」隱隱有復甦的跡象，掙扎著想要將代表虛無的「無我之道」取而代之。

可是，這樣子不行。

如果不繼承「無我之道」的意境，捨棄一切換來極致的強大，我將會失去……最終一戰裡獲勝的最大保證。

萬一失去了這保證，墮入萬劫不復的失敗局面，光是想像就令人不寒而慄。

「……」

面對三名少女擔心的表情，聽著她們勸解的言語，我始終沉默搖頭。

最後，我好不容易才狠下心腸，起身快步離去。

第五章 無我之道

「無我之道」所帶來的實力提升，可以說是顯而易見。

踏上這條道路，經過短短幾天後，我的實力已經與「本心之道」道心未受損時不相上下，甚至有隱隱有反超的趨勢。

以燃燒自身道路的終點做為代價，「無我之道」能走出的路雖然不遠，但勝在能夠速成，短期內能爆發出的實力極其驚人。

但是，這樣子的速度還不夠。

「無我之道」的要旨，是淡化自身的存在感，以一切情感交換未來的所有潛力。理論雖然簡單，但實行起來也需要花費功夫，在最終一戰迫近的此刻，我的時間已經不夠了。

所以，我需要以最快的速度，至少在兩個禮拜以內將「無我之道」這條路快速走到極致，藉此應付怪物君以及輝夜姬。

「但是……要怎麼辦到呢？兩個禮拜以內，如何將『無我之道』這條路走到極致……」

思考了許久後，我得出了答案。

答案也很簡單，那就是晶星人的道具。

在「轉轉金庫君」裡，除了「詛咒模型」以及「真幻與歧路之鏡」之外，還有第三樣道具的存在。

之前悄悄進入金庫，使用完「真幻與歧路之鏡」之後，因為害怕被老師發現鑰匙消失，我只是匆匆閱讀了第三樣道具的說明，就馬上離開。

但第三樣道具的用途，已經被我記在腦中。

「第三樣道具是『問心七橋』，它的用途是……」

「問心七橋」，可以在使用者的意識幻境中，幻化出七條通天之橋。每一條橋上，都存在一關困難的試煉，如果使用者能斬除該關的試煉，也就等於斬去自身一種欲求。

所謂的欲求，是指「喜」、「怒」、「憂」、「思」、「驚」、「恐」、「悲」七樣，這七樣對應著刺激人類精神活動的七大要素，如果能將這七樣都順利斬除，我就能達到心如止水之境，斬除自我，將「無我之道」走到極致。

「但是，『問心之橋』被鎖在金庫裡……」

也就是說，如果想快速變強，就必須竊取出「問心七橋」，並通過七條橋上的七道試煉。

被趕出怪人社後，打著淡出眾人身邊主意的我，不能再隨便接近桓紫音老師身邊，要像上次那樣輕鬆偷到鑰匙，是無法重現的事。

在長久的靜默之後，我逐漸整理思緒。

思來想去，桓紫音老師都是影響「無我之道」大成的關鍵人物，而桓紫音老師與其餘怪人社成員們的最大不同點，在於她往往是以更加冷靜的態度處理事情，也就是俗話說的「大人的視角」。

聰慧，冷靜，在關鍵時刻可以獨自做出重大決定，如果是這樣子的桓紫音老師，應該可以理解我的想法，應該。

「這樣的話……不如……」

行動的目標已經確立。

「不如……向老師坦承自己需要道具，藉此找出突破口。」

雖然已經下定決心，但因為桓紫音老師是個大忙人，我一直沒有找到與她單獨見面的機會。

「……」

過了幾天，距離被趕出怪人社後過去一個禮拜。這段時間內，我一直待在圖書館。

距離最終一戰，現在只剩約一個月的時間。可以想像怪人社裡的大家，肯定都在加緊訓練吧，

「訓練……嗎？」

怪人社的社團教室內，本該有我的身影。身為社長的我卻缺席，真是不像話。

就在如此自嘲的同時，原本安靜的圖書館裡，卻迎來意外的訪客。

「學長～～雛雪來找你了！快看快看，是雛雪哦，是超級可愛的雛雪唷!!」

如同對話裡鮮明的表達方式，來者是雛雪。

不過，身為戰鬥力破萬的怪人，雛雪今天居然沒有穿著奇特的動物布偶裝，而是穿著十分正常的水手服。她平常隨身攜帶的繪圖板，也不見蹤影，如果忽略那奇怪的言行，乍看之下，雛雪就像正常的學生。

「學長學長，你看！這件水手服是改造過的哦，袖子的下圍經過裁剪，只要稍微抬起手，別人就可以從旁邊偷窺胸罩哦!!而且第一顆釦子也是特別容易滑脫的設計，只要這樣『咻』地～～一彎腰，釦子繃開就可以暴露出乳溝，怎麼樣，很棒吧，超棒的對吧!!」

面對蹦蹦跳跳跑來向我介紹水手服的雛雪，我無言以對。

重申一次——如果忽略那奇怪的言行，乍看之下，雛雪就像正常的學生。

「怎麼樣？想看嗎？吶、學長？吶？」

在我阻止她之前，像是要親身示範那樣，一邊觀察著我的表情，雛雪的身體開

始前傾，居然真的彎下腰去。

但是與雛雪的說明，恰好相反，水手制服上衣的第一顆釦子好端端的，並沒有綳開，所有的鈕釦都死守在崗位上。

「？」

思及剛才雛雪自信滿滿的介紹，在疑惑閃過腦海的瞬間，我忍不住一愣。

「嘻嘻，上．當．了．呢～～學．長。你很想看胸部對吧？吶，很想看嗎？」

曖昧地拖長語調，並且不停追問，雛雪用我這輩子聽過最戲謔的語氣，盡其所能地嘲笑我。

即使早已下定決心要踏上「無我之道」，但面臨這樣的雛雪，我還是感到一陣難為情。那難為情裡帶著一點不爽，但更多的是落入圈套的窘迫。

像是察覺我的視線依舊落在鈕釦上，又像是在彰顯她的勝利，依舊彎著腰的雛雪，臉上的笑意越來越深。

……尷尬，簡直尷尬死了。

為了逃脫這樣子的局面，我乾咳了兩聲，打算辯解幾句取回學長的尊嚴。

「咳咳……怎麼可能，我柳天……」

但是我一句話還沒說完，維持彎腰動作的雛雪，忽然用手指把上衣第一顆鈕釦勾開，這次真的露出了乳溝。

……好大。

雛雪的胸罩是淡紫色的，大概是因為胸罩的設計、刻意強化集中托高效果的關係，導致雛雪的胸部比往常更加豐滿。而且彎腰的動作，也讓鎖骨至胸前的大片雪白變得加倍惹眼。

看到我窘迫的樣子，雛雪笑得像個惡魔。

「哼～～嗯？嘿嘿嘿，學長臉紅了、學長臉紅了、學長臉紅了!!是心動了嗎？終於對雛雪心動了嗎？可以哦，雛雪的身心隨時都可以接受學長哦!!

「好！雛雪要加把勁了，接下來示範裙子的特殊露腿設計吧，怎麼樣？學長想看嗎？其實呢，這件裙子……」

無比聒噪的雛雪，繼續向我介紹不知道是不是真正存在的衣著設計。

為了不再落入對方的圈套，我只好裝作沒聽見。

經歷雛雪的超級精神疲勞轟炸後，雛雪自己大概也有點累了，四周終於安靜下來。順帶一提，時間已經過去半小時。

在晶星人降臨後，因為取消平常的科目與考試，圖書館已經變得空蕩蕩的，根本沒有人會來，否則雛雪這麼大吵大鬧，早就有管理員出來罵人了吧。

被雛雪糾纏許久，已經有點疲憊。

我強撐起精神，如此發問：

「那麼，說正事吧。雛雪，妳為什麼來找我？」

雛雪在我對面的座位坐下，兩人之間隔著一張桌子與疊得厚厚的輕小說高塔，但這並不妨礙我看清雛雪的臉。

「……」

雛雪露出猶豫的神情，似乎在考慮該不該回答問題。

在第二人格的型態下，幾乎可以用口無遮攔來形容，對於這樣子的雛雪，這完全是罕見的表現。

「那個……」

雛雪用手指輕輕在光滑的桌面上劃著圈。

「桓紫音老師……說學長是自甘墮落的大蠢蛋，直到學長自己想通了為止，不准怪人社的成員來見學長……」

說到這，雛雪忽然有點臉紅。

「但是呢，雛雪想念學長了，很想很想，所以……脫下了在怪人社裡習慣穿著的衣服。雛雪並不是以怪人社一員的身分來見學長，而是……以朋友的身分來見學長，這樣就不算違背老師的話了。」

雛雪的話聲相當輕柔，但傳入我的耳裡，卻如電流竄過全身般令人震顫。

而是……以朋友的身分來見學長。

朋友，雛雪剛剛提到了朋友。

在畢業旅行，九九九九神社時，我並沒有鼓起勇氣向大家提起成為朋友的要求。但是，在這樣子的情況下，雛雪還是視我為朋友。

忍不住將雛雪的言下之意，翻來覆去地理解，緊接著——

緊接著，我終於恍然大悟。

……是啊，我和大家早就是朋友了。

所謂的朋友，是無形中建立起羈絆，不需要口頭的契約，也不需要某方進行懇求，這樣子才能稱之為朋友吧。

因為在獨行俠的世界裡待了太久，這麼簡單的道理，我竟然直到現在才想通。

在懊悔於自己的笨拙的同時，我也對雛雪升起無比的感激。

寧可繞著圈子，冒著挨柜紫音老師罵的危險，抱持對朋友的思念，帶著單純的想法，雛雪終究還是來見我了。

「原來如此……」

明悟道理的此刻，我又忽然感到有些茫然。

這樣子的我……配得上嗎？我配成為大家的朋友嗎？

就算是善意之舉，但是我卻打算隱瞞一切，哪怕步向「無我之道」也在所不惜——打算獨自扛起所有罪孽，隻身抗衡所有敵人，這種一意孤行的固執，無法把背後交託給他人的行為，真的有資格……稱這些人為朋友嗎？

大概是見我沉默許久，托著腮幫子的雛雪，忽然又微笑發話。往常說話時，雛雪的語氣總是帶著或多或少的戲謔感，但這次卻是無比溫柔，令人無法懷疑對方的真誠。

「學長常常這個樣子呢，獨自著煩惱一切，想要一個人背負所有。雛雪不懂寫作，也不瞭解學長的煩惱究竟有多麼纏人，但是呢……雛雪知道學長很痛苦……很痛苦，痛苦到就快要發狂，所以雛雪來了，來見學長了。雖然不中用的雛雪只能起到陪伴的作用，但雛雪不能坐視不管。」

我一怔，沉默片刻後，發問：

「我很痛苦？痛苦到快要發狂？我嗎？」

雛雪從口袋裡掏出一面小鏡子，接著把鏡面轉向我。

我放眼看去，想看看自己在鏡子裡的模樣——然後看見了——

——深鎖的眉頭，如同捆縛惡鬼的鎖鏈般彼此纏繞。

——為了求勝，不擇手段的濃厚煞氣，也一直沁透到眼神深處。

「……!!」

毫無疑問，這是「鬼之相」。

只有為了勝利，不惜吞噬一切的惡鬼，才會露出這種表情。

不對……不對……不對……這不可能!!我明明不打算走上寫作之鬼的殺戮道路，我明明想要換取守護大家的力量……!!但是面相上，卻隱隱露出了成為鬼的前兆。

那天在海面上，我親手斬掉了「未來的我」的虛影，明明已經斬掉可能成為鬼的未來!!

看到鏡子中自己的表情，我頓時顫慄不已，背後也隨之冒出冷汗。

但思索過後，很快我就明白過來，「鬼之相」誕生的緣由，並不是源於「未來的我」，而是來自「現在的我」道心碎裂時產生的心魔。

現在的我，為了守護所以忘情，猶如矛盾的集合體，再加上捨棄原本道路時的掙扎，心魔會誕生，也是理所當然。

這時雛雪把話接了下去。

她以雙手食指抵住自己的眼皮邊緣，把眼皮斜斜往上吊起，模仿惡鬼的樣子。

「現在的學長，看起來就像這個樣子哦!!雖然鬼跟鬼畜有一個相同的字，但是雛雪呢，還是比較喜歡學長以前的樣子。啊、不小心說出喜歡了呢，這是直球哦，美少女雛雪的超級大直球哦!!」

說著，雛雪笑了。

她笑容裡不帶任何雜質，蘊含令我感到自慚形穢的純淨。

但在看見那笑容的同時，內心深處，不知何時已經悄悄化為心魔型態的某種執念，竟然淡了幾分。

……被治癒了，被雛雪的笑容給治癒了。

也就在看見那笑容的瞬間，我才猛然理解雛雪的真正來意。

「原來如此……妳的來意是……」

像表面上笑嘻嘻地宣稱的那樣，因為想念我了，所以來到圖書館，大概只是一部分原因。

真正的原因──多半是因為在上一次的會面裡，雛雪察覺「鬼之相」的出現。因為無法放任沒用的學長不理，所以雛雪來了，即使冒著違反桓紫音老師規定的風險……她依舊義無反顧地來了。

就像白色與黑色綜合起來，會成為灰色那樣，就算無法讓黑色變得潔白如昔，但總好過墨染般的黑。

徹底明悟雛雪的用意後，內心的感激無法言喻，但是沉默良久後，身為前獨行俠的我，遲遲無法將情感化為確切的形容，最後我只好朝雛雪點頭，誠摯地表達感想。

「雛雪，謝謝妳。」

「嗯唔？比起道謝，學長如果以身相許是不是更好呢？」

雛雪俏皮地笑了。

果然是雛雪式的回答啊……我傷腦筋地抓抓頭。

「喂喂，以身相許是女生的說法喔!!」

「是這樣嗎？那讓雛雪以身相許也可以。要溫柔一點哦，雛雪是第一次。」

「……」

還是辯不過她。

雛雪托腮望著我，臉上的笑容更盛。

只是，望著她的笑容，我忽然覺得，如果是現在的話，可以提出那個請求。

——成為朋友的請求。

雖然我已經明白，所謂的朋友，不需要口頭的契約，也不需要某方進行懇求，但如果能藉此讓對方明白自己的想法，那就再好不過。我希望讓雛雪明白我的想法，讓她明白，我已經不是獨行俠，發自內心願意接納大家。

於是我低下頭，向雛雪鄭重道出內心的想法。

「雛雪，可以和我……成為朋友嗎？」

「……」

雛雪愣了一下，接著她嘴角翹起，兩隻眼睛也笑成了月牙狀。

「好呀。」

她沒有追問獨行俠為什麼需要朋友，這讓我鬆了一口氣。

只是雛雪忽然側過頭，先露出思考的表情，然後發問。

「對了，學長，雛雪是你第一個提出朋友邀請的女孩子嗎？」

「呃……」

其實是第二個，第一個是沁芷柔，但在雛雪的打量下，不知道為什麼，總覺得因為尷尬無法把實話說出口。

敏銳的雛雪察覺到我的想法，立刻伸出食指向我，假裝生氣起來。

「啊～～～～！！！！雛雪就知道，花心大蘿蔔，學長是超級花心大蘿蔔!!雛雪快要吃醋了哦，就算是寬宏大量到像大海一樣的雛雪，也會吃醋的哦!!」

「呃……那個……我……」

就在絞盡腦汁想要解釋時，雛雪臉上的佯怒卻忽然消失，重新擺出笑臉。

「……開玩笑的。」

別動不動就捉弄我!!

雙方又閒聊一陣子，接著雛雪道明去意。

「學長，雛雪要先離開了，因為等一下怪人社還要上課。」

我點點頭。

「那雛雪要走了，真的要走了哦。」

一邊道別，她踮起腳尖，隔著桌子摸摸我的頭髮。

「學長想摸回來嗎？那句話是叫禮尚往來？摸別的地方也可以哦。」

雛雪挺起豐滿的胸部，身體往我靠來。

我忍不住輕輕敲了雛雪的頭，但力道很小，比過去任何一次苛責都還要輕微。

「──快點走啦，小心遲到!!」

雛雪笑嘻嘻地轉身離開。

她邁出三步，很快越過一排書架。

邁出五步。

在即將從視線範圍離開之前，雛雪卻忽然回過頭，側過半邊臉，對我發話。

「學長……只想與雛雪成為朋友嗎？」

她的話聲很輕，但那言語，卻一直響到了我的內心最深處。

我想要回答，卻又不知如何回答，最終我只能沉默。

「……」

在書架的遮擋下，我只能從書叢之間的空隙看見雛雪的身影，不知道是不是錯覺，在意識到我的沉默後，雛雪的視線慢慢垂下，眼眸裡流露著複雜的失落感。

「……」

以背影掩蓋真正的表情，重新邁出腳步，這一次……雛雪的身影，徹底離去。

雛雪單獨來找我的當晚，大概晚上八點鐘，風鈴也出現在圖書館內。

但是我首先看見的不是風鈴整個人，而是不小心露出書架外的紫色馬尾。

因為紫色馬尾是風鈴的招牌標誌，所以我試探性地呼喚出聲：

「風鈴？」

風鈴觸電般立刻回答。語氣充滿驚嚇感。

「——是!!」

「……」

老實說風鈴的反應超乎想像，似乎嚇到她了。

我猶豫片刻，開口道歉：

「不好意思，嚇到妳了嗎？」

「沒、沒有。」

「不過，妳為什麼一直躲在架子後面？」

「那、那個……風、風鈴……那個……」

風鈴支支吾吾地說不出話來，我忍不住好奇心起，起身繞過書架。

但是，繞過書架後，我看見的是穿著粉紅色護士服的風鈴。因為胸部很大的關係，加上貼身的護士服不知為何前襟特別低，結果擠出了深深的乳溝。

而且護士服的裙子部分，根本遮不住風鈴的腿。雪白的大腿，幾乎有五分之四都暴露在視線中。

發現我的視線聚焦在身上，臉紅到彷彿要滴出血的風鈴，手忙腳亂地同時想遮擋上面與下面，但因為露出來的肌膚太多，效果幾乎是零。察覺自己的行動不過是徒勞無功，風鈴用快要哭出來的表情向我求助。

我遲疑片刻，但很快恍然。

……如果還是剛進怪人社時，我一定會對眼前的景象震驚不已，要多費唇舌追問原因，才能得知來龍去脈。

可是，在怪人社身處將近一年，就算這個社團裡面的人再怎麼怪，我也逐漸理解了這些人的行動模式。

「是不是雛雪對妳說，要來找我的話，不能以怪人社社員的身分過來，必須換上別的衣服，所以她拿了這件衣服給妳穿？」

「嗯、嗯、嗯、嗯、嗯嗯嗯……!!」

彷彿被剝奪了言語能力，紅著臉，害羞到極致的風鈴拚命點頭。

見狀，我忍不住嘆氣。

幸好因為是晚上學習，為了預防夜晚路過校園時著涼，我多帶了學校分發的運動外套。

把運動外套遞給風鈴後，等著對方穿上，然後我們一起在讀書區的長桌前坐下。

「……呼。」

得到衣物蔽體的風鈴，鬆了口氣，滿臉安心。

我原本靜靜讀著書，等風鈴徹底冷靜下來後，才開口說話：

「妳呀……有時候也要學著懷疑別人，雛雪已經這樣騙過妳好多次，以後別再上當了。」

這樣子開口的話，風鈴應該會進行反省吧。風鈴的缺點就是太過天真，這種性格容易吃虧，身為前輩的我，有義務點醒對方。

聽了我的話後，風鈴低著頭，安靜片刻。

本來我以為風鈴明白了道理，想要以沉默結束話題，但是風鈴卻在此時，輕聲回應：

「可、可是……那個……」

原本我以為風鈴也會靜靜地揭過此事，但她猶豫再三後，似乎有話想說。

「……？」

望著風鈴，我耐心等待後續的話語。

風鈴則是迎向我的目光，深深吸了一口氣後，像是終於鼓起勇氣那樣，整個人看起來有些變得不一樣了。

「可是……如果有一次是真的……那就不好了。」

雖然話聲依舊很低，風鈴的語氣卻很堅定。

「萬一……風鈴沒有被騙……事情是真的，這樣就會給別人帶來困擾……」

細細品味風鈴的話語，我不禁一愣。

……原來是這樣嗎？

原本我以為風鈴只是容易上當受騙，看不清局勢……但現在看來，被世俗之霧遮擋眼簾的，反倒是我。在心境上，風鈴無疑高出我一籌。

這是風鈴出於個人信念，所產生的覺悟。她早有所覺悟可能會被騙，但還是義無反顧地選擇相信對方。風鈴不願意賭上萬一是謊言的可能性，為了不讓別人受到傷害……風鈴將風險盡數歸於自身，寧可自己受騙。

這樣子的人，很傻，但也很讓人佩服。

……可是，或許就因為這樣，風鈴才會是風鈴吧。

「……」

明白風鈴的信念後，我收起原先的浮躁想法，朝風鈴點點頭，示意瞭解。

只是，身為前輩的我，還是有義務在不影響風鈴信念的情況下，保證她的安全。

於是我這麼開口：

「……不過還是要小心一點，就算要穿這種衣服，也可以先披一件外套，否則都被我看光光了。」

「……!!」

聽我這麼說，風鈴臉忽然又紅了。

接著她低下頭，雙手交纏在一起，食指彼此互點，似乎陷入某種猶豫狀態。

時間就這樣靜悄悄地溜過五分鐘。

猶豫再三後……最終，風鈴還是把話說出口：

「……沒關係。」

在說話的同時，風鈴紅著臉，眼睛不敢看向我。

「如果是被前輩看見的話……風鈴覺得沒有關係。」

什麼……!!

我渾身一震，手裡拿著的書掉在桌上，發出「啪」的一聲。

如果將對話比喻成拋接棒球，原本還可以與風鈴正常交手的我，此刻就像被一記意料不到的超級變化球砸在臉上，一時之間變得暈頭轉向。

但很快，我就意識到事實。

「這也是雛雪教妳說的吧？」

「……嗯、嗯。」

風鈴紅著臉點頭。

「果然如此啊……」

雛雪那個傢伙真是……一邊在內心埋怨雛雪的奇怪行徑，我將桌上的書重新拿起，裝作冷靜的樣子，咳嗽了一聲。

「咳，雛雪那傢伙又在騙妳，這兩句話不用說也可以。」

「……嗯。」

先是一點頭，過了片刻，風鈴繼續開口：

「……只是……那個……就算風鈴知道是謊話，風鈴還是想說看看那兩句話……」

就算知道是謊話，還是想說看看那兩句話？

我不解。

看到我疑惑的表情，風鈴像是怕引起我的誤會那樣，雙手亂搖，然後急忙開口解釋。

「啊、那個……因、因為如果這樣說的話……前輩會感到開心吧……前輩最近看起來……狀態不太好的樣子……能讓前輩打起精神的話，那就太好了……如果能讓前輩高興，風鈴什麼事都願意做……」

說完話，不太敢看向我的風鈴，些微調整了坐姿，似乎有點不自在，但她的話聲非常誠摯，並不是謊言。

我還沒想到怎麼回話，風鈴就繼續說了下去。

「前輩……最近肯定非常煩惱吧，表情與以前變得不一樣了……看起來心事重重，也很少笑，風鈴希望看到前輩露出笑容。」

聽到「表情與以前變得不一樣了」這句話時，內心不禁猛然一沉。是「鬼之相」，風鈴也察覺到我即將鬼化的前兆。

……雖然進入怪人社後，已經努力了這麼久，但依舊會被後輩擔心，看來我依舊是個不及格的前輩。

思及此，我忍不住苦笑。

這時候風鈴忽然直起背脊，勇敢地看向我。

「……所以了，風鈴想要分擔前輩的壓力，想知道前輩苦惱的根源。雖然在前輩看來可能是自不量力，但是風鈴也想盡綿薄之力……來幫助前輩。」

雖然知道風鈴是好意，但我第一時間，依舊沉默了。

風鈴想要分擔我的壓力，想要知道我苦惱的根源，我卻無法將現在是「第二次的時間線」這個祕密告訴風鈴，也無法坦承告知……曾經是怪人社一員的幻櫻已經死去，連存在之力都徹底消散。

而且，直到現在……風鈴都以為自己是晨曦。但實際上，晨曦這個名號，不過是目前的時間線裡，為了不造成歷史錯亂，碰巧被套用在風鈴身上罷了。

三個祕密，我都無法告訴風鈴。每一個祕密，都是會從信念最深處的地方，動搖根本的巨大痛苦。

所以，我只能保持沉默。

溫柔的風鈴，大概也察覺到我的想法，她知曉……我並不想說出煩惱。

但是為了替我分憂解難，風鈴並沒有放棄一開始的目的。

風鈴雙手合十，溫柔地注視著我，如此開口：

「那個……風鈴曾經聽過這樣子的話，如果要想與對方誠心交流，就得先坦承自己的真實心意，這是最基本的禮節。

「如果前輩感到為難的話，就由風鈴先開口說自己的想法，這樣好不好呢？」

說話時，風鈴柔和地微笑。

那笑容，與沁芷柔……輝夜姬……以及雛雪都不同，風鈴的微笑，帶著撫慰人心的力量。

「……」

我不忍拒絕這樣的風鈴與這樣的好意，沉默一陣後，我只好點點頭。

於是，由風鈴起頭，她開始說起自己的想法。

「風鈴呢，好喜歡好喜歡怪人社的大家，不管是老師、芷柔、雛雪、輝夜姬……還是前輩，都最喜歡了。

「可是，就算全部都是最喜歡的，前輩在怪人社裡面，也是最獨特的一位。

「……因為，前輩與風鈴第一次見面時的情況，風鈴一輩子都無法忘記。」

風鈴的話聲悠悠然，眼神裡帶上追憶，思緒似乎正在慢慢飄遠……飄遠，飄往那幾乎已經被眾人遺忘的過去。

「記得那時候前輩闖入了風鈴的房間，風鈴那時還稱呼前輩為『柳天雲大人』，當時正在急著換衣服的風鈴，覺得好害羞，害羞到快要死掉了，但事後回想起來，都會這麼慶幸……幸好看到風鈴身體的，是前輩，而不是其他男生。

「引導風鈴踏上寫作道路的，是前輩。

「將內向的風鈴，從自囚的牢籠中解救出來的，也是前輩。

「把朋友們帶給大家的，也是前輩。

「所以呢，前輩對風鈴來說，真的好重要好重要……看到前輩因為某件事而痛苦，因為某件事煩惱到幾乎快要發狂……風鈴好想代替前輩受苦，好想把那些負面情緒都轉移到風鈴自己的身上……讓前輩能夠露出笑容……因為……」

風鈴原本陷入回憶中的視線，這時慢慢聚焦。然後，她緩緩移動視線，鄭重地看向我。

「因為，風鈴無法對曾經拯救自己的前輩……坐視不管。

「所以風鈴來了，正是因為曾經被前輩所拯救，獲得了勇氣，風鈴也打算用這份勇氣，反過來拉前輩一把，讓前輩不再痛苦，不再悲傷，能與大家一起歡笑。」

風鈴純淨明亮的雙眸，一眨不眨地望著我，那眼神裡含帶的溫暖，對於此刻決意踏上「無我之道」的我而言，太過熾熱，太過耀眼，幾乎令我無法直視。

風鈴說完話後，靜靜望著我，像是在等待我的答案。

「……!!」

——!!

……小看了。

自始至終，我還是小看了風鈴的覺悟……與變化。

是啊，風鈴已經與以前不一樣了。

經過這一年來，我已經成長了太多太多，已經不會再自怨自艾，不會再輕易倒下，擁有前所未有的堅強……

……而風鈴，成長的幅度，也並不亞於我。

從閉門不出……需要受人保護的膽小鬼，變成敢於在小秀策進攻C高中時挺身而出的勇敢少女，再到毅然扛起拯救C高中責任的強大輕小說家，為了走到這一步，風鈴在背後究竟付出多少苦心，無人知曉。

我所看見的，是永不言棄的堅決。與一年前唯唯諾諾、毫無主見的樣子完全不同——現在的風鈴，有了主見，踏出想走的道路，不再依賴他人，打算靠自己的力量扭轉乾坤，已經是能獨當一面的大人。

「……」

明瞭風鈴的想法與信念後，我閉目片刻。

……痛苦。

……極端的內心痛苦。

對面這樣子的風鈴，面對共同奮鬥至今的夥伴，還必須保守祕密，這是內心痛苦的泉源所在。

到了這種地步，如果還不讓風鈴知曉祕密，勢必會傷風鈴的心吧。

但是如果把一切都坦承告知，讓風鈴共同分擔那天大的痛苦，這樣或許我會輕鬆一些，但風鈴也註定失去笑容。

……這是何等殘酷的抉擇。

思及此，我忍不住慘笑，連身體都開始微微發顫。

不管做出什麼樣的抉擇，都會傷害到我的夥伴……我的朋友……我重視的人。

「……」

就在內心掙扎時，風鈴忽然把小手伸了過來，蓋在我的手背上。

「前輩，請不要露出那種表情。你的表情，好痛苦，好痛苦……充滿掙扎，充滿絕望……風鈴……不想看到這樣的前輩。

「風鈴……不問了。」

露出溫婉的微笑，風鈴按住我的手。風鈴小小的手，此刻彷彿傳來了某種治癒人心的力量，讓我原先顫抖的手掌，慢慢平穩下來。

風鈴用溫柔的眼神注視著我，像是要將我的身體烙印在記憶最深處，又像是僅此就足以獲得滿足那樣，她一句話也沒有開口，時間就這樣慢慢流逝，過了半個小時。

最後，因為時間已經很晚了，風鈴起身道別。

在臨去前，風鈴如此拜託我。

「前輩……請留在大家的身邊。不知道是不是錯覺，風鈴有一種前輩即將去很遠很遠的地方的感覺……」

然後，風鈴離去。

圖書館裡，我依舊坐在桌子前，沉默。再次剩下孤零零的一個人，寂寞感也隨之湧上心頭。

盯著頭頂上方，因老舊而有些閃爍的燈光，我如此喃喃自語：

「即將去很遠很遠的地方……嗎？」

或許，這麼說也沒錯。

因為，如果我踏上「無我之道」，就會與現在的自己漸行漸遠，我將不再留有情感，將變成為了勝利不擇手段的無情機器。

想到今天來訪的兩人，雛雪……以及風鈴，我再次產生猶豫。

可是，這樣子不行。

猶豫的話，就無法前進……就無法保證獲勝，讓所有人都存活。

……所以，我必須得忘情，或者說……斬情。

……如果是為了守護大家，連現在這個猶豫不決的自己，我也必須斬掉。

想要獲勝，將「無我之道」走到極致，我就必須斬掉情感。

想斬掉情感，就必須有「轉轉金庫君」的幫助。

而為了獲取「轉轉金庫君」……我可以說是豁出一切。

在桓紫音老師的校長室辦公桌上，我留下一封信，約老師親自見面。

於是，在兩天後的下午，我與桓紫音老師久違地再次會面。

地點是在教學大樓比較僻靜的一個角落裡，兩人見面後，我雙手雙膝以及額頭都觸地，以土下座的鄭重拜託姿勢，向桓紫音老師表達誠意。

「我想要變得更加厲害，拜託了，請把『轉轉金庫君』裡的祕密道具借給我。」

額頭觸地的我，看不見桓紫音老師的表情。

老師沉默了許久，才緩緩開口回話。

「柳天雲，偷偷進入『轉轉金庫君』裡的人……果然是汝嗎？吾早已透過警報發覺有人進入過金庫，能神不知鬼不覺地盜走鑰匙的，也只有怪人社裡的學生而已……」

桓紫音老師的語氣裡，含帶濃厚的悲哀。

長長嘆了一口氣後，她開口發問。

「那麼，為何……？」

聽到老師的問話，我不禁一怔，我想表達的意思，剛剛明明已經說過一次。

但我依舊保持土下座的姿勢不動，並再次開口請求。

「拜託了，為了變強，請把『轉轉金庫君』裡的祕密道具借給我。」

「不，吾問的不是這個。汝……為何低頭？為何提出這種要求……？」

「……？」

愕然的我，忍不住抬起頭看向老師。

——!!

只見居高臨下盯著我的桓紫音老師，不管是漆黑的眼眸，又或赤紅之瞳，兩隻眼睛裡都充滿冰冷的憤怒。

桓紫音老師繼續發話：

「一個真正的作家，骨可裂，氣不可折；頭可低，意不可斷……文心傲骨，方為真強!!」

「汝……可是想藉著不可取的外力變強？要知道，就算變強了，那也只是虛假的強大而已……」

說到後來，老師已經是聲色俱厲。

「——C高中不需要虛假的強大，怪人社不需要虛假的社員，吾……也不需要虛假的學生——!!」

桓紫音老師的每字每句，就像鋒利的刺針那樣不斷戳在我的心坎上，令人感到無比痛苦，每多聽一個字都是煎熬。

那痛苦與煎熬，來自過去這一年來，與桓紫音老師建立起的師生情感。因為當老師說出「吾……也不需要虛假的學生」時，等同於已經放棄意圖踏上「無我之道」

的我。

而且，我可以察覺，在說出這番話時，老師憤怒的表象底下，也蘊含著難以掩飾的悲傷。

那悲傷，更加劇烈了內心傷口的擴大。

「……」

注視我良久後，桓紫音老師沉默了。

我知道，她在等著我給出答案。

……給出答案，為什麼我最近在課堂上反常，刻意放水……

……給出答案，為什麼我不惜捨棄自尊，踐踏文心傲骨，也想藉著不屬於自身的外力變強。

與桓紫音老師那複雜的表情對視，我的喉頭彷彿瞬間哽住，難以開口答覆。

原本我可以說謊，但對上桓紫音老師那難受的眼神，編織謊言就成了不可能的任務。

於是，我艱難無比地道出實話。

「我想……讓某個人活下來，讓怪人社的大家都活下來。」

我想拯救幻櫻，想拯救大家……為此，強大的實力必不可少。

桓紫音老師望著我，她再次嘆了一口氣，接著閉上眼睛。

「吾也想……但是，放棄自己道路的作家，無異於死亡。成為一具行屍走肉苟活下去，就是汝所盼望的道路……？」

「……罷了。」

她搖了搖頭，接著，她從懷裡摸出玻璃高腳杯，然後扔到我面前。這距離，伸手可及。

因為是晶星人道具的關係，玻璃高腳杯並不會摔碎，但此刻拿起這杯子的話，可謂意義重大。

桓紫音老師最後拋下一句話，然後就閉目沉默不語。

「汝……自己決定吧。」

保持著跪地的姿勢，我望著眼前的玻璃高腳杯。

……明白。

……我明白的。

如果選擇拿走玻璃高腳杯，選擇虛妄的變強之道，桓紫音老師會就此放棄我。

因為，她所認識的、收為學生的，是走在「本心之道」上的那個柳天雲，而非為求勝捨棄一切、踏足「無我之道」的柳天雲。

「……」

偷眼看向桓紫音老師的表情，她依舊閉目不語。

我又看了看眼前的玻璃高腳杯，這個物品，不光是通往金庫的鑰匙，更是斬斷師生情誼的殘虐之刃。

在時間彷彿變得緩慢的此刻，我忽然想起了之前曾經寫過的一部輕小說《千本魔女》，輕小說裡頭曾有這樣一句話：

「生生死死……死死生生……形成了殘忍的循環……」

在《千本魔女》的劇情裡，為了成就生，造就了死……又為了扭轉死，犧牲了本應存活的生。

「相似……」

……這樣子的發展，與現在的抉擇何其相似。

幻櫻付出性命做為代價，倒轉時光，使我的生命得以延續，同時也拯救我內心，讓我的「本心之道」重新圓滿。從一個渾渾噩噩度日的書評，再次振奮意志，回到寫作的世界裡。

並且，在新一輪的時間線，幻櫻也替我帶來新的機遇，在怪人社內，將我從未體會的溫暖友情，給予了我……讓我不再孤獨，不再寂寞，從此擁有邁向未來的勇氣。

「但是……」

但是，而現在的我，為了拯救幻櫻，為了換取短時間內的極致強大，卻必須以崩毀道心做為代價，犧牲自我意志來追求勝利，甚至連好不容易獲得的珍貴情誼，都必須親手斬斷。

也就是說，我將在獲得一切後，再次失去一切……重回那漆黑、伸手不見五指的內心世界。在那裡等待著我的，僅餘一無所有的荒涼，與蝕骨侵心般的空寂感。

「……!!」

在正式下定決心時，從最柔軟的意識深處，傳來撕心裂肺般的痛楚，但依舊必須下定決心。

以雙手伏地，額頭抬起，觸地，我朝桓紫音老師磕了三次頭。

這是感激這一年以來，老師盡心盡力的教導。

也是對老師曾經的信任的謝罪，我柳天雲不成材，不像她所想像的那麼好。

最後的最後，我慢慢伸出手，握住玻璃高腳杯。

「……」

這個握住玻璃高腳杯的舉動，代表了抉擇，代表了意向，也代表了……斬情。

接下來，我經歷了一輩子最漫長的空白與沉默。

不知道過了多久，腳步聲響起。

桓紫音老師的腳步聲，慢慢遠去。那腳步聲帶著不穩，帶著踉蹌……帶著我所沒有選擇的那一條道路，不斷遠去。

我緊緊閉起眼睛，甚至不敢抬頭看看那蹣跚離去的背影。

「好，從今天開始，汝的稱號就是零點一!!」

直到此刻，還是可以鮮明回憶桓紫音老師在課堂上活躍的身影。

「闇黑眷屬們唷——!!崇敬吾，佩服吾吧，今天吾大發慈悲，決定要替汝等惡補

《吸血鬼皇朝的三萬三千年》這本書裡的知識!!什麼?這本書根本不存在?胡說八道!!」

本來以為透過狐面墜飾，想起幻櫻存在的那一晚，眼淚早已流無可流，從此乾涸。

但是，此刻即使緊閉眼眶，眼淚仍然止不住地流下。

第六章

問心七橋的考驗

獲得玻璃高腳杯後，我再次前往轉轉金庫君，獲得「問心七橋」。

雖然名字叫做橋，但這個道具外表是顏色變化不定的七彩光團。

我閱讀使用說明書上的基本介紹。

「問心七橋」，消耗性道具。可以在使用者的意識幻境中，幻化出七條通天之橋。每一條橋上，都存在一關困難的試煉，如果使用者能斬除該關的試煉，就等於斬去自身一種欲求。

所謂的欲求，是指「喜」、「怒」、「憂」、「思」、「驚」、「恐」、「悲」七樣，這七樣對應著刺激人類精神活動的七大要素，如果能將這七樣都順利斬除，就能達到心如止水之境，斬除自我，將「無我之道」走到極致。

但是說明書上，除了道具基本功能介紹之外，還有幾條附加說明，令人十分在意。

在使用者挑戰時，「問心七橋」的光團將會變得極為龐大，範圍擴展至數百公尺大小，發出任何物體都無法阻攔的璀璨光芒。

如果有比原關卡更適合的「困難」進入「問心七橋」的光團中，則將取代七橋之中的某一關，成為新的守關要素。

「……使用時，問心七橋會變成數百公尺大小的光團，也就是說……恐怕光芒之耀眼，將會傳遍整座島，不管躲在哪裡使用都會被發現。

「再來……如果有人橫加插手，成為橋上新的『困難』，失敗的可能性也會大幅提高，必須謹慎提防。」

我闔上說明書。

「必須一次成功……絕不能失敗。」

道具得手後，我沒有第一時間使用，而是先詳細思考計畫。

必須謀定而後動，考慮到所有突發狀況。

「『問心七橋』被C高中獲得已經很久了，桓紫音老師一定知道這個道具的用途……與阻止使用者的方法。

「知道光團裡面的人是我，明瞭『問心七橋』的用途後，怪人社的成員們會來阻止我嗎？肯定會吧。」

思及此，我嘆口氣。

「雖然不瞭解……問心七橋裡考驗的是不是輕小說的造詣……如果是的話，風鈴以及沁芷柔將會成為強勁的對手……她們這段時間內實力進步巨大，而我因『本心之道』的道心碎裂，實力裹足不前，與她們對抗，我已經沒有十足的把握。

「再來……」

整理情報至此，我的腦海裡閃過對桓紫音老師磕頭，謝過師恩的場景。

「再來……最大的阻礙，恐怕會是桓紫音老師，如果她決定親自出手，那麼……」

雖然彼此相處將近一年，但是直到現在，我都不清楚，桓紫音老師到底有多強。未知，往往最令人感到恐懼。

如果與老師進行輕小說的單挑對決，我有幾成勝算？在輕小說上投入的心力，桓紫音老師只會比我們多。再加上她那才氣橫溢的筆法，對於寫作上的獨到見解，這個世界上能贏過老師的人，肯定很少很少。

為了備戰，先是靜靜閱讀一天的書，又練習寫了一天的輕小說，最後一天則是閉目打坐。將精、氣、神都提升至顛峰後，在第四天早上，太陽破曉的那一刻，我啟程出發，抱著「問心之橋」，慢慢走到海邊。

早已下定決心的我，迎著海平面上的晨光，使用「問心之橋」。

在催發道具的瞬間，原本體型迷你的七彩光團，頓時膨脹成數百公尺大小，如狂浪席捲般，眨眼間將我包圍在光團的中心點。

「這裡是……!!」

環目四望，一個龐大無邊的七彩世界呈現在我的眼前。這裡有天空，有大地，有風，甚至有山有水，不過一切都呈現七彩流轉的顏色。

「光團裡……居然自成世界!!」

我偶然回頭，又嚇了一跳。因為在我身後，如同隔著一層透明的薄膜般，薄膜另一端竟然映照出現實世界的景色。外面的景色就是催發道具的原地點，我可以看到朝陽的照射下，海面有海鷗低空飛過，沙灘上有螃蟹在爬動。

但只要一看向前方，景色又是七彩世界。

經過實驗，不管如何改變面向的方向，我的前方永遠都會是七彩世界，後方永遠都是映出現實世界的薄膜。

「前有七彩……後有現實。」

微一沉吟後，內心有所領悟。

「原來如此，若是中途後悔，不願斬掉所有，對現實世界存有眷戀者……只要退後，就能帶著所有情感，重新回到現實世界。」

我轉而觀察前方。

在我的前方不遠處，在那七彩大地上，橫著一條七彩之河。河上瀰漫著濃霧，依稀可以看見河上有紅色的橋，這大概就是存在考驗的第一關。

此時看看後方，現實世界裡的太陽越升越高了，之所以選在這時候使用道具，就是因為黑夜中使用光芒太過明顯，日正當中時使用又特別容易被人發現，只有清晨太陽剛升起……到大家起床這段空白時間，是最不容易被人發現的時刻。

抓緊時間，我朝第一座七彩之橋走去。

在霧河上，那紅色之橋的入口處，立著一塊石碑，上面以蒼勁有力的字體刻著三個字。

「怒之欲」。

就在細看那字體的瞬間，不知為何內心產生了波動，原本平和的情緒，居然隱隱約約……有種要被怒氣取代的趨勢。

「……」

試煉甚至都還沒真正開始，局面就產生如此變化，不禁讓人內心暗驚。

努力控制著情緒變化，我向前一步落下，踏足橋面。

「咚。」

踏足橋面的瞬間，隨著詭異的鼓聲響起，我的眼前一花，眼前的景象驟然轉變。河消失了，橋消失了，眼前取而代之的是一個嶄新的世界。

這個世界裡色彩正常，不過並不像立於海島上的C高中那樣孤單荒涼，周遭人車鼎沸，雜音四起，鋼筋大樓林立，看起來很像現實世界的大城市。

「不會真的是現實世界吧？」

我扭頭往自己的正後方看，依舊看見的是海面上朝陽初升的景象，那是放棄退出的路……換句話說，我依舊身處試煉中。

左看看，右看看，我有了新的推測。

「難道說……」

很有可能，每一道橋上，每一次的試煉，都是一個獨立的世界——也就是建立於七彩世界中的裡世界，

雖然大致明白了現狀，可是，新的疑問又馬上湧出。

「問心七橋」的說明是這樣的：「如果使用者能斬除該關的試煉，就等於斬去自身一種欲求。」

話雖如此……可是，我要怎麼做才算「斬除試煉」呢？

才剛想到這裡，我馬上發覺不對勁。

「……等等，我的身體，怎麼變得這麼矮小？」

原本超過一百七十公分的我，現在居然只剩下一百公分左右而已。

再低頭看看身體，各部位都等比例縮小，完全是小孩子的體型。藉著路邊停著的車輛鏡面，我看見自己變成約小學二年級的小鬼。

雖然依舊是自己，但看到那稚氣許多的臉孔，實在是不習慣。

「話說居然穿著棒球衣褲啊……連帽子也是棒球帽，明明我不運動的。啊、對了，好像小時候確實流行過這樣子的打扮來著，那時候幾乎所有小學生都這樣穿，只是在棒球風潮過去後，就比較少見。」

這時我摸摸口袋，從裡面掏出一張折得皺巴巴的傳單。

傳單上用類似童話故事的畫風，彩繪著許多動物，一堆動物圍繞著小朋友們開心地跳舞。

而那彩繪的最上方，標著醒目的藍色大字。

「X府，小學生現場寫作大賽，十六人總決賽……」

這個比賽只限小學生三年級以下參加，為了避免作弊，所以是現場寫作的比賽形式。

X府裡總共有十六個市，每個市裡分別先經過廝殺後，各自選拔出一名最強者，最後集中在一起讓這十六人對決，進而選出X府裡面的小學生低年級裡的寫作王者，並授予王者之獎章。

「小時候好像有過這件事，只是印象已經模糊了……」

因為我實在參加過太多寫作比賽，光是府級的比賽就贏過至少十多次吧，一時難以清晰記起。

再看看日期，比賽似乎在裡世界的今天中午舉辦。

「周遭的一切，隱隱有種熟悉感，看來這個裡世界的一切，大概都是由我的記憶裡抽取、模擬而成……這樣的話，所謂的考驗，多半是我過去曾經經歷的事，否則沒理由建立這種世界。

「如果是過去的事，又有這種大賽，那我十有八九已經參賽了，我在市級比賽裡不可能輸，這參加總決賽的十六人裡，肯定有我的名額。

「綜合目前得知的線索，看來『怒之欲』試煉的用意，應該是要我去參加這個寫作總決賽。」

於是我按照傳單上的地址，用口袋裡的零錢搭巴士前去。

巴士平穩地在路上行駛，透過窗戶，我盯著街道上的景色，久未接觸的現實世界給人一種懷念感。

但是在這個「怒之欲」裡世界，偶爾會有莫名的怒氣從內心深處湧上，為了不讓那怒氣侵蝕自身，必須隨時平穩自身的情緒。

偶爾回頭看看現實世界的情況，我發覺現實世界的流速似乎變得特別緩慢，那朝陽始終維持即將升起的狀態，粗略一估計，大概是虛擬世界過去一百分鐘，現實世界才流逝一分鐘。

……這樣的時間流速很好，不容易被人發現。

接著，我把注意力拉回試煉上。

「雖然大概知道接下來要做什麼，不過……」

不過，要現在的我參加小學生低年級的比賽，這不是讓我去欺負人嗎？就好像重量級拳王跟一群小學生打架那樣，根本不是一個等級的較量……甚至連「較量」都算不上，只能稱之為一面倒的屠殺。

而且仔細想想，這個府級十六強總決賽裡，幻櫻應該沒有參賽，不然我肯定會印象深刻。算算時間點，沁芷柔應該在網路上連載輕小說，風鈴在家裡獨自練習寫作，輝夜姬因為身體不好無法參加大賽，所以根本沒有像樣的強者做為對手。

如果贏下比賽就能過關，那「怒之欲」未免也太過簡單。

在思考中，時間慢慢流逝，行駛許久的巴士終於停在離比賽會場不遠的站點。下車後，我步行抵達會場。

比賽會場是剛建造不久的府立文學歷史館，此建築通體由大理石造就，足有十二樓高度，光是外觀，帶有古樸氣息的雕塑與符文就四處可見，可謂氣派非凡。

當我抵達比賽指定房間時，離比賽開始還有一個小時，但是其餘十五名選手都已經到了。

這房間一眼望去至少有百坪大小，不愧是府級比賽的場地，占地相當寬廣。牆壁上除了雕塑，還有著許多古畫與古壁字，光是置身其中，就會不自覺被那帶有千百年歷史的厚重沉澱感影響，整個人都沉穩起來。

不過，在比賽房間內最顯眼的擺設，還是要屬大理石圓桌。這大理石圓桌中間為中空狀，呈現「O」的模樣。桌子本身也相當寬厚高大，必須踩一公尺高的階梯上去才能落座。

這大理石圓桌太大，比賽房間占地本已驚人，但光是這圓桌，就幾乎霸占房間五分之三的範圍。

這圓桌劃分出位置對稱的十六個座位，此時已經有十五個座位裡坐了選手，只有右上角的位置是空著的。

那些先來的選手們，每個人都由家長陪同，只有我是孤零零地隻身到來。

「……說得也是，小學低年級的學生，如果獨自出門比賽才是異類吧。看來我從小時候開始，作風就與別人不一樣啊……」

這話我並沒有出口，而是默默心想。

內心自嘲的同時，我逐個觀察待會兒的對手。

「我看看……大多數人看起來都很普通……等等，那個搖著摺扇的傢伙是小秀策嗎？」

非常意外地，在距離我遙遠的西北角，由母親陪同，縮小版的小秀策就坐在那邊。他左手拿著小摺扇，右手捧著一本字典，正在做比賽前的複習。

發現我的目光看去，小秀策放下字典，對我投以敵視的眼神。

「……」

經過桓紫音老師的長期教導，我也慢慢學會一點類似於老師的「赤紅之瞳」的輕小說家觀察力。

看來小秀策應該是除了我之外，這次的比賽裡實力最強的選手。

面對小秀策的敵意，我只是平靜回望。

「……——!!」

兩人的目光在半空中彼此擦撞，被我注視幾秒鐘後，小秀策的眼神逐漸退縮，他猛然一打顫，目光裡原本的仇恨被巨大的恐懼取代，很快蒼白著臉低下頭去，不敢再抬起頭。

對於這個結果，我並不意外。

長大後，有望成為強者的小秀策，此時就像一頭還未成長的悍豹，即使爪牙尚未磨得鋒利，但那出色的直覺，已經使他擁有察覺危險氣息的能力。

而我……在六校之戰裡，以文養戰，以戰鍛神，經歷眾多生死廝殺後……我已經變得太過強大，透過外散的強者之意，僅僅是一個眼神，小秀策就承受不住。

就算是道心受損，還未將實力提升至顛峰狀態的此刻，我與現在還是小鬼的小秀策，差距實在太大。其實別說是這個迷你版的小秀策，就算是長大後的小秀策本人來了，在目光的碰撞下，他也必定會迅速落敗。

哪怕是小秀策的師父棋聖也不行，小秀策與棋聖有個共通點，都走上提前耗盡自己潛能的違心之道，他們的道路都偏了……與我現在打算走的「無我之道」一樣存在極限，差別只在我的極限遠遠高出他們。

所以風鈴與沁芷柔才能實力後來居上，現在如果讓現在的風鈴與沁芷柔，與這兩個傢伙的長大版對決，風鈴與沁芷柔肯定能輕鬆獲勝。

「對了，小秀策這傢伙明明認得我的長相，卻在長大後第一次見面時……假裝不認識我的樣子，藉此彰顯他的輕鬆隨意。」

明白小秀策的小算盤，我不禁啞然失笑。強者不需要刻意裝模作樣，那只會顯得他底蘊不足而已。

不過，這樣看來，我當年應該在無意中擊敗過小秀策，只是當初我的眼中只有晨曦，容不下別的事物，所以沒有留下印象。

「離比賽開始還有點時間……那麼……」

這個虛擬世界裡會感到口渴，所以我決定起身去找喝的。

走到比賽房間的邊緣處，幼小的我，吃力地推開厚重的木門。

但是在緩慢推門的過程中，我聽見有「躂躂躂」的腳步聲快速遠去。透過已經推開些許的門縫，我看見幾絲金髮飄起，頭髮的主人消失在走廊的轉角處。

看樣子，剛剛似乎有人躲在門後偷窺，發現我靠近打算開門後，立刻用驚人的速度逃跑離開。

「話說，金髮嗎……好眼熟的髮色……」

一邊思考著這個奇怪的小插曲，我先到處尋找飲水機，但卻沒有找到。可能是新落成的建築還未配置妥善，又或是工作人員疏漏，我找了許久，居然沒有找到半臺飲水機。

我對自己的方向感其實缺乏自信，所以也不敢太過遠離，繞了半天後又回到比賽房間附近，駐足在自動販賣機前。

「一塊……三塊……五塊……錢不夠啊……」

將口袋裡的錢全部掏出來細數，發覺連最便宜的飲料都買不起，小時候的我可真夠窮。

像動畫裡那樣在自動販賣機下尋找硬幣大概也不現實，考慮過後，我決定放棄。

「傷腦筋……算了，忍耐一下口渴吧，比賽時間應該不會太長。」

正當我如此自語時，旁邊卻傳來一陣電視劇裡壞女人的招牌聲。

「哦呵呵呵呵，連飲料都買不起嗎？庶民就是庶民，本小……咳咳，如果低下頭懇求人家的話，人家就大發慈悲地考慮請你喝飲料吧？考慮哦!!」

我朝聲音方向看去，看到走廊上做為擺設的等身大盆栽後面，這時候跳出一名戴著Kitty貓面具的小女孩。她穿著粉紅色的和服，Kitty貓面具雖然藏起了臉，但卻遮不住那閃亮的金髮。

我的內心一陣無語。

那聲音……那彆扭的說話方式……還有招牌的金髮……呃……

……沁芷柔。

這個Kitty貓怪人，不管怎麼看都是沁芷柔。

對抗「惡霸小鬼五人眾」那時的小沁芷柔只有四、五歲，而現在的沁芷柔則是小學低年級的年紀，過去這許多年，發育明顯成長許多，大概是因為女生的成長期早於男生，她甚至比現在的我還要高一點。

「……」

「……喂，你有在聽嗎？你、你在笑什麼？」

大概是察覺到我臉上的笑意，沁芷柔變得有點不爽，那是近乎惱羞成怒的語氣。

太過瞭解沁芷柔的我，知道這時候不能再刺激對方，所以我只是搖搖頭。

「沒有，那就麻煩了。我要喝柳橙汁，謝謝。」

「啊啊……柳橙汁是嗎？」

沁芷柔果然投了一罐飲料遞給我，但我拿到手上時，卻發現這是……紅豆湯？而且還是熱的，要知道現在可是暑意最烈的正中午。

為什麼是熱紅豆湯？我朝沁芷柔投去疑惑的眼神。

她不理會我的疑惑，倒是自己買了一罐柳橙汁，坐在販賣機附近的長椅上，開始喝起飲料。

無奈之下，我只好認命地喝起熱紅豆湯。

時間很快經過五分鐘。

「怎麼樣，熱紅豆湯好喝嗎？」

因為喝熱紅豆湯變得滿頭大汗，沁芷柔笑著問這樣的我。

也不等我回答，她又繼續說了下去：

「人家覺得你一定不想喝柳橙汁，所以才給你熱紅豆湯哦？因為口是心非的人，嘴裡說出來的，永遠都不會是正確答案。」

她雖然在笑，但話中卻滿滿帶刺，尤其是說到「口是心非」這個關鍵詞時，態度特別惡劣。

「……」

遭到這種待遇，一般人大概就會生起悶氣。

……但是，我卻無法生起半絲怒氣，只是凝視著熱紅豆湯，就這樣陷入沉默中。

「應得的……」

這是我應得的待遇。

因為在昔日，彼此都還只有四、五歲的時候，在戰勝「惡霸小鬼五人眾」後，我自顧自地下了決定，想斬斷兩人之間的情誼。那個不見月光的夜晚，在無盡的陰影中，於自塑的沙堡王座上，我對沁芷柔說了很多過分的話，導致沁芷柔哭著離開。

那時的她……受傷了，在我的言語下受傷了。

本不該如此脆弱的她，因為內心已經將我視為朋友，在遭到背叛時，才會痛得這樣刻骨銘心，哭得如此傷心欲絕。

即使沁芷柔後來自己想通了，選擇主動再次接近我，但我依舊欠她一個正式的道歉。

長大後，在畢業旅行裡，我曾經對長大後的沁芷柔道歉，但現在幼時的沁芷柔，依舊心裡存在疙瘩，存在遭到友人傷害的苦楚。

而且，如果這個虛擬世界裡，是由我的記憶裡抽取、再構築而成，這代表幼年的沁芷柔真的曾經接近我的身邊，只是當年汲汲於勝利的那個我……並沒有發現沁芷柔的存在。

不……或許年幼的我並非沒有發現，而是根本不在乎，直接無視掉了。

就跟我不記得與小秀策交手過一樣的道理，當初對小沁芷柔說出那番過分的話後，我不停地催眠自己「什麼也不知道」，藉此……將重重暗示化為困住心意的囚籠，試圖弭平傷口，躲在一切風平浪靜的假象中。

我默默地看向戴著 Kitty 貓面具的沁芷柔。表情隱藏在面具下的她，只有一對眼睛從面具的孔洞裡露出，那一對碧色的雙目裡，含帶著只有直面真心的人……才能擁有的清澈。

……是啊。

與我不一樣，沁芷柔比我更勇於面對自我。所以哪怕曾經受到背叛，即使內心的傷痕未曾痊癒，她依舊想明白答案……想明白，於沙堡前的那一番話，到底存在幾分真實。

也就是說，在這裡的相遇並不是巧合，很有可能，沁芷柔將足跡踏在我的足跡中，不斷追隨著我的背影，始終嘗試著拉近彼此的距離——哪怕明知我可能不會留意她，就算知道有可能再次受到傷害，她依舊毅然決然地堅持著想法。

但是，倔強又彆扭的沁芷柔，不願意自己先現身坦承一切，所以她才會一直隱藏在暗處注視著我，暗自盼望著我可以發現她，可以想起她……可以重視她。

所以，沁芷柔才會以戴著面具的形式現身吧。

望著幼小的沁芷柔，沉默許久後，我做出決定。

……已經不想再後悔了。

就算是在虛擬的世界裡，現在的我是虛幻的，眼前的沁芷柔也是虛幻的……可是，必須要做的事情，面對情感應該傳達到的彼方，不能有所妥協。

已經變得堅強的現在，我可以鼓起勇氣，走到很多過去未能涉及的領域。

於是我低下頭，彎下腰，並且伸出手……將年幼時未曾坦承的心意，向面前的沁芷柔道出。

「拜託了，請與我成為朋友。」

——!!

像是已經等這句話等了太久，那些年歷經的心酸一口氣湧上那樣，沁芷柔晶瑩的雙目，逐漸湧出淚水。

在我道出那句話的瞬間，沁芷柔明白，我已經認出了她。

她先是陷入長久的內心掙扎與沉默中，那是來自過往的追憶。緊接著，忍耐終於突破極限，所有的苦，所有的痛……在這刻一口氣潰堤而出，眼淚也徹底長流。

「都過去這麼多年了，未免也回答得太遲了吧!?大笨蛋大笨蛋大笨蛋！去死吧！大笨蛋!!」

帶著心結解開的鬆懈，又帶著期盼終於圓滿的喜悅，那情感太過複雜，太過熾烈，足以溫暖他人心靈。

眼前的沁芷柔，與畢業旅行時長大後的沁芷柔，在聽到我提出朋友邀請時，兩者的反應幾乎一模一樣。

沁芷柔脫下面具，已是滿臉淚痕。

我靜靜地望著她，接著再次鞠躬道歉。

「……」

哪怕經過這麼多年，沁芷柔心底最深處的那份純真，依舊未曾改變。

利用比賽開始前的最後一些時間，我與沁芷柔坐在椅子上，慢慢訴說著彼此這些年來的經歷。我將小學二年級以前的事告訴沁芷柔，沁芷柔也告訴我她的想法。

「……自從知道你在寫作比賽裡不斷獲勝，因為佩服你的文采，人家也開始寫作了……啊、只是有一點佩服喔!!沒有說特別佩服!!」

像是早已等待這刻許久，沁芷柔朝我盡情傾訴她的心情。雖然有點傲嬌，不過相處了這麼久，我能懂沁芷柔。

由於這時候的沁芷柔還很矮小，所以坐在椅子上時，她的腳懸空著不斷來回晃盪。

說完過去的事，沁芷柔用那雙有點紅腫的眼睛看向我，忽然笑了。

「只是，現在的場面，簡直就像作夢一樣呢。」

「過去，好多次……好多次……人家都夢到你會發現我，在今天終於終於夢實現了，你來找我，主動向我道歉，我們也真正成為了朋友……真是太好了。」

沁芷柔說到這，一頓。

「正因為如此夢幻，所以人家才說就像作夢一樣。」

「……」

聽著沁芷柔的話，在複雜的情緒中，我慢慢閉起雙目。

現實中的沁芷柔，也是這個樣子吧。我辜負她，已經辜負了太久太久。

正因為這樣，現在幻境中的沁芷柔笑得越開心，也代表現實中的沁芷柔……曾經的心結有多深，內心的苦楚有多痛。

……愧疚。

無法言喻的愧疚感，湧遍全身。

但是，至少現在，我可以全心全意地陪伴沁芷柔。

沁芷柔像個好奇寶寶般不斷提出問題。

「你喜歡吃什麼東西？」

「……蘋果。」

「你怎麼會知道我的名字？」

「……呃。」

「你喜歡什麼樣的女孩子？」

「……可愛的。」

「那人家可愛嗎？」

「……可愛。」

「喜歡豐滿的女生嗎？喜歡胸部大的還是胸部小的？」

「……呃。」

坦白說，她的問題常常讓我招架不住。

不過，直到比賽開始前，我們幾乎都在交談。

過了好一陣子，比賽時間終於到來，我必須動身離開。

我向沁芷柔道別，往比賽房間走去的途中，沁芷柔忽然從後面追了上來，接著塞了一罐飲料給我。

「……」

飲料觸手冰涼，望著那飲料，我不禁一怔。

這一次，我拿到的是柳橙汁。

與過去的沁芷柔分別後，我再次邁入比賽房間，於自己的座位落座。

為了避免作弊，所以才會採取現場寫作的形式，而且現場也有不少工作人員監督，可見官方對這次比賽的重視。

這是短篇小說的比賽，必須在兩小時內寫完一千五百字。

接過工作人員給的稿紙後，我看完小說題目，立刻開始動筆寫作。

一動筆，我才發覺自己像是受到某種冥冥中的限制那樣，無法發揮超越小學低年級時擁有的實力。

不過，就算是小學低年級的實力，如果是我的話，那也足夠強了。

我只花半個小時就寫完作品，接著放下筆，等待比賽時間過完。

「那孩子為什麼不寫了？明明都已經進到十六強，難道闖到這裡卻打算放棄？」

一旁監督的工作人員們見我這麼早停筆，有些聚在一起竊竊私語。

「……或許是壓力的關係吧，畢竟他還小，這種局面，就算是有些大人也會緊張。」

「說得也是，他一副相貌平凡的樣子，根本不像有文氣的寫作者，與這麼多高手同場較技，會怯場也是理所當然。」

大概是因為小孩子聽力特別好的關係，可以隱約聽見工作人員的交談。我懶得理會這些人的評論，內心連一絲波瀾都沒有激起。

只是……老實說，輸了也不會死的比賽，對於經歷過六校之戰的輕小說家，根本毫無緊張感可言。更別提我的實力本來就遠在此地其他選手之上，只要正常發揮，我的勝算就是百分之百。

隨著比賽終結，有十六位在文圈大有名氣的評審分別登場，直接在會議室裡閱讀眾人的作品，看完後分別打上分數，分數加總最高的選手得勝。

因為賽制的關係，當天下午就可以直接知道結果。

過了幾個小時後，比賽結果公布，毫不意外地，我果然獲得第一名，而小秀策則位居第二。

但是就在眾人轉移到頒獎禮堂，前三名的得獎者正要上臺領獎時，臺下卻有一個中年女人忽然大聲叫嚷起來。

帶著像是跑步趕到現場的吁吁氣喘，那個女人的面目帶著猙獰與不甘心，這些負面情緒，使她原本有些刻薄的面相，頓時顯得更加醜惡。

而周遭的工作人員們，卻有許多人認出這個女人。

「副、副館長？」

「副館長您不是說要出差辦公嗎？怎麼又回來了？」

似乎是副館長的女人，並不回答那些工作人員的話，而是先看向小秀策，小秀策手上此時拿著代表第二名的銀色獎章。

她的瞳孔迅速凝縮，眼中滿是無法置信。

「不可能……這絕對不可能……!!我的孩子只拿到第二名，那第一名是誰!?」

她很快發現拿著金色獎章的我——這是代表總冠軍的「王者之獎章」。

像是發現自己的東西被人奪走那樣，副館長尖聲叫喊起來。

「我的孩子不可能輸……拿那個第一名寫的小說過來，我要看，我要親自參與評審行列!!」

可能是因為平常積威極深，面對這明顯不合情理的要求，工作人員們卻不敢拒絕，拿過我的小說稿紙，遞到那個女人的手上。

那個女人接過稿紙，來來回回看了又看，那一對眼睛差點盯穿了稿紙，最後她整張老臉都在顫抖，但卻無法說出一個字的批評。

但她像是自顧自地做出某種猜測那樣，很快又露出恍然大悟的樣子。

用乾瘦的手指對準我，副館長惡狠狠地發言。

「對了，我知道了!!作弊，他一定是作弊!!這個小鬼肯定也是事先得知題目，再請大人先把這個題目完成，他只不過是逐字背下來然後照樣寫出而已!!甚至可能是請作家級別的大人出手，才有可能寫出這麼優秀的作品……沒錯，肯定是這樣!!不然怎麼可能比我的小孩寫得還好!!」

「……這個小鬼『也是』？」

在旁邊十六個評審其中之一，像是嗅到某種不對勁，納悶地重複副館長剛剛說過的某段話。

這個評審是個老者，大約七十多歲年紀，滿頭白髮，似乎是文圈裡某個德高望重的厲害人物。

評審老者思考了一下，這時對副館長發問。

「請問副館長，照理來說，您才剛剛踏入會場，應該還沒看過貴公子的作品吧？為何如此篤定，貴公子的作品不如這位小朋友？就好像……已經得知貴公子的寫作內容那樣。」

被評審老者如此質疑，副館長的表情變得無比難看，忽然沉默下來。

一名工作人員忍不住在這時走近幾步，出言提醒副館長。

「副館長，這個孩子……是柳天雲。去年在各項寫作比賽裡，獲得三十七連霸的那個柳天雲。」

說完，那個工作人員敬畏地瞄了我一眼。

大概是看見稿紙上的署名，這些工作人員已經得知我的存在。

我也認出這個工作人員，就是之前在比賽中批評我的那一位。

「說得也是，他一副相貌平凡的樣子，根本不像有文氣的寫作者，與這麼多高手同場較技，會怯場也是理所當然。」

他明明曾經這麼說，現在態度卻有了這麼大的變化，我不禁內心暗嘆。

先是遭到評審老者戳破言辭，然後又收到工作人員的提醒，副館長的臉青一陣，白一陣，她的表情越來越難看，接著忽然雙手一撕，把我的比賽稿紙從中撕成兩半。

「就算是柳天雲又怎麼樣？他只不過是個小學生而已，怎麼可能強成這樣!!說不定他過去每一場比賽都作弊了……沒錯，肯定是這樣，他還是作弊了!!」

把已經撕成碎片的稿紙用力撒在地上，副館長尖聲開口。

這個中年女人根本不可理喻。看到這裡，周圍那些評審們大多暗自搖頭，就連那些工作人員們都漸漸開始遠離她，沒有人願意與她站在同一陣線。

發現情況完全不利於自己，副館長氣到發抖。

像是溺水的人想抓住不存在的浮木那樣，她忽然又用手指指向我，依舊是聲色俱厲。

「證據，給我提出證據!!柳天雲，你能證明自己沒有作弊嗎？能證明嗎!?嗯？」

「……」

我沉默片刻，接著點點頭。

所有評審、工作人員……以及各選手以及選手的家長們，大家的視線此時都集中到我身上。

頂著眾人的目光，我將手背在背後，緩步向前，穿過圓桌旁留存的走道，走到禮堂的中心點。

「……」

接著，我逐個看向那些曾與我一起比賽的選手們。

由左至右，我一個個看去，透過外散的強者之意，每個遭到注視的選手，一個個蒼白著臉低下頭去。

我將手背在背後，最後把視線停留在小秀策的身上。

「……!!」

小秀策已經是第二次對上我的目光，他似乎竭力想要抵禦我的目光……我的強者之意，但一切都是徒勞無功。掙扎片刻後，心虛的他，甚至比其他人更加不堪……最終他顫抖著身軀，狼狽地移開目光。

我閉目片刻，調勻氣息。

最終，我睜開眼後，看向的不是選手們，也不是那些評審，更不是工作人員或副館長。

我所看的，是高聳的禮堂天花板……我的視線彷彿穿越了那天花板，看見了外頭無垠無際的藍色天空，看見了在那天空上，掛著能照拂萬物的豔陽。

「……」

現在的我，所追尋的境界，是道。

而道德經中曾有云：「道法自然。」

也就是說，此天空……當然近乎道。

苦苦追尋寫作之道的我，無愧於心，一切言行，只需符合道即可。所以我並非看向眾人，而是望著天空，向著天空解釋。

「我柳天雲要如何證明自己？其實道理很簡單……」

我一字一頓，鏘然有聲，每一句話都在寬廣的禮堂裡激起回音，在每個人的耳邊不斷響盪。

「……因為我不需要靠擊敗弱者，來印證自己的強!!」

語畢，全場緘默。

「你、你你你……」

副館長的臉色由白轉青，又由青轉黑，全身顫抖地指著我，卻一句完整的話也說不出口。

最終，因為情緒過度激動，她昏厥過去，被急忙湧上的工作人員們抬走。

只是，在我剛剛背著手，說出「……因為我不需要靠擊敗弱者，來印證自己的強!!」這句話時，我隱隱約約感覺到，這個由「怒之欲」所構築出的虛幻世界，開始有了不對勁。

「……!!」

原本看起來十分正常，與現實無異的整個「怒之欲」世界，竟然有不少地方的虛空處，憑空出現如蜘蛛網般的裂痕。

看到那彷彿是整個「怒之欲」世界傷口般的裂痕，聯想到觸發這裂痕的起因，我內心逐漸有了猜測。

「裂痕……也就是說，這個『怒之欲』的世界，是可以破壞的。」

而內心的猜測，隨著將前因後果兜在一起，慢慢導向事實與真相。

「對了……我本來還覺得奇怪，這個世界裡怎麼這麼多討人厭的事物。不管是小秀策、副館長、工作人員的竊竊私語、不夠錢買飲料的口渴、必須長途跋涉才能抵達的現場……仔細一想，這些事物，每一件都在試圖挑起我的怒氣。」

「大概，我一旦被這些事物真正激怒，『怒之欲』的試煉就算失敗，將會被傳送回現實世界。

「就連沁芷柔也給我熱紅豆湯，如果不老實坦承自己的心意，就連虛幻世界中的沁芷柔，也可能成為我失敗的關鍵……

「最後，這個『怒之欲』世界的殺手鐧，還在我最在意的寫作上動手腳，試圖冤枉我的清白……

「這一切的一切……無疑是局中局……計中計，只要一個環節出錯，一個情緒不穩，就是遭到淘汰的下場。」

明瞭這個世界背後的計謀後，我再次看向虛空中的蜘蛛網狀裂痕。

……這個世界，在我那望向道、近乎道的一言之下……受到創傷。

也就是說……

又思考片刻，我終於知道，如何通關這個「怒之欲」世界的試煉。

「原來如此……原來如此……這個關卡的設計何等巧妙，簡直令人敬佩。」

明白真相後，我不禁笑了。

「本來還在覺得奇怪，必須斬除『怒之欲』的試煉才能通關，但『怒之欲』的試煉就是整個世界的幻化，我要怎麼去斬？

「所以，我本來以為所謂的『斬除』只是譬喻，並不是真的提刀去斬，畢竟世界如此之大，一把刀，怎麼能斬得盡、斬得清？

「可是……」

我慢慢走到窗戶旁，推開玻璃窗，看向這個世界的藍天。那藍天上，此刻也布滿裂痕。

「可是……我原本的估計錯了。這個世界既然是虛幻的世界，那這裡的道……當然也不是真正的道。

「所以在我想望向天空，探求真正的『道』時，這個世界才會有所動搖……受到難以恢復的創傷。」

迎著烈陽，我的手臂慢慢伸出窗戶，朝著那代表著「怒之欲」裡世界，先是五指戟張，接著像是要把整個世界握在手心捏碎那樣，手掌用力握緊，凝縮成為堅實的拳。

握拳的同時，我感受到內心有張狂的意念不斷洶湧而出。那意念來自變強的渴望，正在疾呼、大叫，請求我斬掉這個虛幻的世界。

沒錯，「怒之欲」確實代表著整個虛幻世界……代表著試煉本身。

「那麼，要怎麼斬掉一個世界？」

我注視著天空，如此發問。

只是，這話並非疑問，反而更像對這個世界最後的敵對宣告。

接著，逆著強烈的陽光，我內心的想要變強的意念不斷成長茁壯……成長茁壯，那意念的熾熱程度，已經勝過天上的烈陽。

「想要斬掉一個世界，就需要一把足夠大的刀。」

既然「怒之欲」只是區區一個欲望，而欲望能夠幻化世界……那我的意念，又為何不能幻化為刀!!

「只要我的信念……我想變強的渴望……足夠巨大，足夠堅毅，就能成刀!!」

「——一把無堅不摧，無物不斬的刀!!」

瞭解斬掉這個世界的關鍵後，我不再壓抑內心的想法，使變強的意念無限制地增加……增加……再增加。最後，終於達到我一生中前所未有的程度。

一直以來都是安安靜靜，老實無比的「怒之欲」，彷彿也在此刻察覺我想斬掉它的想法，彷彿一顆深眠無數年的蒼老星球，在瞬間甦醒過來那樣，整個世界迴響著憤怒的咆哮聲。

那咆哮聲，恍若集合著世界上所有的怒氣，光是聽，就足以輕易勾起內心的所有陰暗情緒，進而勃然大怒。

但我想變強的意念，在此時壓過了「怒之欲」咆哮所帶來的內心影響。

就在此時，我「啪」的一聲將雙掌合十，朝著天空毅然高喊。

「幻化成刀吧，我的意念!」

那喊聲，化為洶湧的聲浪，一直傳達到天空的最高處。

就那喊聲消散的瞬間，在虛空中，一把龐大無比的意念之刀，開始緩緩成形。

那意念之刀太大，大到無邊無際，難以想像，大概整個世界的人，如果抬頭望天，在這一刻眼中都會映著意念之刀的倒影。

如果有人能從宇宙中眺望地球，大概就會見到一把足以將世界從中斬斷的巨大刀刃，凌空懸在整個世界的上方，隨時準備一斬而下。

見虛幻之刀成形，「怒之欲」幻化成的整個世界，更是盛怒無比，不斷想以更強的怒氣咆哮影響我的內心。

注視著意念之刀，我再次高喊，將命令響徹天際。

「——斬下吧，意念之刀！！！！」

在我的話聲催動下，意念之刀以看似緩慢，但實際上卻快捷無比的速度，狠狠一刀劈下，一刀斬入「怒之欲」的虛幻世界裡。

隨著刀勢落下，「怒之欲」發出痛苦的怒吼聲。

「劈開了……我的想法果然沒……」

然而。

然而——

眼看就要成功擊敗「怒之欲」時，年幼的沁芷柔出現了。

大概是被整個世界的異變驚動，害怕之下，她進入禮堂，似乎想帶著我一起逃跑。

曾經與沁芷柔和好的場面，至今仍印象深刻。

「你喜歡吃什麼東西？」

「……蘋果。」

「你怎麼會知道我的名字？」

「……呃。」

「你喜歡什麼樣的女孩子？」

「……可愛的。」

「那人家可愛嗎？」

「……可愛。」

沁芷柔一個個天真爛漫的疑問，也在我的耳邊再次迴響。

……如果不守護沁芷柔的話，那巨大的意念之刀，會連她一起斬掉。

我必須保護沁芷柔。

再說，如果只是保護一個人，不讓她被斬掉的話，「怒之欲」應該還是會滅亡，所以沒有關係。

於是，在最後的最後，我將沁芷柔抱入懷裡，讓她躲在最安全的地方，然後高聲朝著天空，道出最後的死亡宣判。

「那麼，徹底邁向破滅吧……『怒之欲』啊！！！！！！！」

第七章　怪人社的戰爭

隨著「怒之欲」虛幻世界的滅亡，我再次回到「問心七橋」構築成的七彩世界內。

「不……現在已經不是七彩世界了。」

仔細觀察的話，可以發現「怒之欲」破滅後的變化。原本這個世界是由七彩流轉的色澤所構成的，但現在原本應該存在的「紅色」，卻被新出現的「黑色」所取代。

那黑色無比深沉，就像代表著死寂那樣，散發出來的氣息令人畏懼。

稍加推理後，我大概明白了原因。

「大概，這個世界的七種顏色，也分別代表著七種情感。只要斬除該情感，對應的顏色也會跟著消失，被代表死寂的虛無取代，所以紅成為了黑……」

換句話說，如果我把「喜」、「怒」、「憂」、「思」、「驚」、「恐」、「悲」這七種情感都消滅，這個世界……或者說，我的內心世界，就會變成墨染般的黑暗。無比空洞，除了勝利之外再也容不下他物。

就在這時，我忽然想起夢境中相遇過的「過去的我」。

為了成為純粹的獨行俠，不惜拋棄一切包袱的「過去的我」，他的世界裡……始終一無所有，漆黑一片，就像失去月亮與繁星的夜空那樣單調。

那種漆黑，那種單調，與斬除所有情感後的七彩世界……太過相像。

「原來如此……就是因為曾經失去了太多，『過去的我』……才能變得如此強大，也才會在黑暗中獨自慟哭。」

可是，「過去的我」至少還能感到悲傷，我現在要走的路，卻連悲傷都打算一併斬掉。

「……」

一陣複雜的情緒竄過內心，我閉目片刻，接著把注意力慢慢拉回現狀。

我現在已經斬掉「怒之欲」，在內心試著回想過去幾件令人生氣的事，果然完全不會被勾起怒火。

但是，這種平靜，並非類似看淡往事的豁然……而是徹底不在乎，根本毫無感覺的麻木。

「……果然，已經徹底失去了『怒之欲』。」

「這樣一來，只要接連不斷地斬除各式各樣的情感，我就能化身為一絲不苟執行勝利的方程式……踏上邁往勝利的最佳捷徑。」

「換句話說，也就是天下無敵。」

「即使這樣子的天下無敵，不存在任何進步空間，只是現階段的最強，那也無所謂……只要可以拯救所有人，哪怕是會將我拖進煉獄中的力量，我也會將其牢握在手中，直到所有敵人都倒下為止。」

休息片刻後，我再次觀察起周遭。

我已經度過代表「怒之欲」的橋，踏在地上。被斬滅存在的「怒之欲」的橋身已經變得漆黑、腐朽無比，原本在橋下的七彩之河，河水乾涸見底，底下的泥巴散發出陣陣黑氣。

而前方，出現了新的道路，有一條新的橋梁與湍急的大河。這次的橋梁是紫色的，入口處矗立著「恐之欲」的石碑。

這次是，「恐之欲」嗎……

此時我回頭，看看現實世界，發覺太陽已經離海平面有點距離，這裡時間的流速，似乎正在不斷增加。

「說不定現在C高中裡，已經有早起的學生遠遠看見『問心七橋』的光芒。必須再快一點……沒有時間了……」

於是，我快步踏上面前「恐之欲」的橋梁。

「恐之欲」的橋梁上，同樣自成世界，我落入了一個寬廣的虛擬世界裡。在那裡，中學時……處於封筆階段的我，碰見了棋聖。

在那個世界裡，棋聖居然有掌握他人生死的能力。如果不擊敗他的話，他就能使用某種晶星人的道具，強制開始輕小說的比賽，藉著擊敗對方，逐一殺死附近的人。

而早已對我憎恨多年的棋聖，很快就挑上我當目標。

「柳天雲，老朽來了，來還你當年帶給老朽的屈辱!!」

穿戴綠色狩衣與烏帽子的棋聖，在猖狂大笑的同時，踏進我中學時就讀的學校——C中學。

棋聖綠色狩衣的下襬處，此時已經沾滿塵土。他顯然怕我逃跑，因此根本顧不得形象，才用快跑的方式，急忙跑來C中學阻擋我的去路。

猙獰著表情，棋聖如此開口：

「柳天雲，老朽知道你已經封筆，正因為如此，老朽才更要前來此地……讓你看著身旁的至交好友，一個個死於非命，痛苦哀號，讓你萬分後悔於當年敢贏過老朽的愚行!!」

聽了棋聖的話，我不禁一怔。

然後我對棋聖搖搖頭

「……我沒有朋友，你來錯地方了。」

這句話是實話，在C中學裡，我一個朋友也沒有。

棋聖跟我一樣怔住，他下意識追問了一句：「真的嗎？」

「嗯，真的。」

「……」

我們兩人相對沉默片刻，氣氛竟然一時之間變得有點尷尬。

棋聖這時又問：

「你總有戀人吧？或暗戀的人？老朽就先從她開始下……」

「……很抱歉，那個也沒有。」

棋聖又愣住。

平常一向自詡富有智計的棋聖，這時皺起眉頭，露出苦苦思索的表情。

他像是害怕自己又說錯話那樣，過了好久，才謹慎地開口發言。

「那你……還有什麼在意的東西？只要是人，都有視若珍寶之物——別想欺瞞老朽，老朽只要一調查，就能輕輕鬆鬆找出你的弱點，讓你嘗嘗……何謂失去的痛苦!!」

在意的東西？視若珍寶之物？

我輕輕一笑。在中學時的現在，還沒有與怪人社眾人邂逅，又將寫作技藝徹底塵封，我可以說是一無所有。

一無所有，如同行屍走肉的我，又談何失去的痛苦。

所以面對棋聖的話，我只是輕鬆一笑，根本無關痛癢。

但是，看見我的笑容後，棋聖卻以為我在笑話他，瞬間怒火大漲。

「很好……很好……你是敬酒不吃吃罰酒，老朽就先從你開始殺起!!」

接下來棋聖就發動了晶星人的道具，將我拖入輕小說對決當中。

「……」

我左顧右盼，觀察與棋聖的決賽場地。這裡是布滿黃沙的一處古戰場，戰場裡四處散落鏽跡斑斑的鎧甲與武器，每隔數十公尺，沙地中間就有參天石柱衝出，頂天而立，布成八卦之陣。

黃沙、鎧甲、八卦陣，這個古戰場裡，處處充滿殺伐之意。

因為場地實在壯觀，可說是難得一見，環望四周後，我忍不住稱讚一聲。

「不錯的場地，很適合決戰。」

這個場地有個特殊之處，如果輕小說家的實力越強，輕小說家本人的體型也會越龐大。

我仰頭看向棋聖。

現在的棋聖，看起來至少有七層樓高，是一腳能跨出老遠的巨人。

而棋聖，他發現我居然還分心稱讚環境，立刻露出不爽的表情。

「死到臨頭還在嘴硬，柳天雲，封筆已久的你，是不可能擊敗……」

棋聖一句話還沒說完，忽然之間，話聲像被隱形的剪刀從中截成兩半那樣，戛然而止。

他會忽然住口……原因無他。

隨著我釋放出強者之意，我的體型也不斷膨脹、膨脹、膨脹——最後成長為棋聖的一倍大小。原本在我眼中巨大的棋聖，現在必須低頭才能看見，而且高度也只到我的腰部而已。

就像當初怪物君前來挑戰C高中時，他如果選擇收起氣勢，看起來就像個普通人那樣——

在斬掉「怒之欲」後，因為斬情暗合「無我之道」的要旨，我又變得強大許多。現在我的強者之意……已經能夠內斂，並且收放自如。

雖然不知道現在的我，與當初的怪物君相比，到底誰更強一些，但是如果再次倒轉時間，擁有現在的我，C高中絕不會輕易投降，而會選擇正面迎戰。

當初，棋聖以「詛咒草人」進攻C高中的生死戰役，幻櫻為了保護C高中，被迫出手，導致存在之力消散而亡。

在臨死前全力出手的幻櫻……也擁有與怪物君類似的氣場，她光是驚人的強者之意，就足以改動天象，讓風與雪形成雪龍捲風，強大到讓敵校所有學生都開始發顫，使交手過的敵人絕望發狂。

而現在……我也能辦到類似的事了。

幻櫻，妳能看見嗎？現在的我，也已經成長了，不會再被人欺負，變得很堅強、很勇敢……可以支撐起守護他人的羽翼。

所以，妳已經可以不用保護我了，已經可以不用擔心我了。

所以……請妳活過來，這一次……輪到我來保護妳。

「……」

從高高在上的角度，我睨視著矮小的棋聖，棋聖感受著我外散的強者之意，牙關開始不斷打顫，眼中已經帶上絕望。

「不可能、不可能、不可能——絕對不可能!!你怎麼可能強成這樣，這個世界上，不可能有比老朽強上一倍的人——!!」

聽見棋聖的話，我不禁搖搖頭。

「……確實不是一倍。」

我的回答讓棋聖馬上燃起希望，他急忙開口追問：

「怎、怎麼說？確實不是一倍沒錯吧？」

棋聖既然這麼期待知道答案，我也老老實實地告訴他真相。

「這個『恐之欲』的世界，限制了我的實力發揮，我的本體至少強你三倍。」

——!!

棋聖滿臉無法置信，先是張了張口，像是想要辯駁，但是我立刻插口打斷，嚴厲地指正棋聖。

「棋聖，早在你因『以局困人之道』停止進步的那刻起，就已經寫明了你弱小的未來。」

我頓了一頓，又繼續說道：

「我一直都沒有忘記，幻櫻是因你的進攻而死……現在好了，我們被拖進了不死不休的古戰場裡，只能有一個勝利者活著走出。給我聽好了，棋聖，就算你是『恐之欲』裡虛幻而出的試煉——我也會斬掉你的希望，崩碎你的道心，讓你從此不能再以寫作……為惡害人!!」

完全失去平常的從容，棋聖絕望地大吼，接著啟動晶星人的道具，想做垂死掙扎……想以他多年來修煉的輕小說技藝，對我進行最後的反撲。

我平靜地看著近乎崩潰發狂的敵人，在簡單進行交手過後，輕鬆打敗對方。

隨著棋聖落敗，從棋聖的腳下為中心點，整個「恐之欲」的世界開始產生劇烈的崩潰。

「不、不，不!!老朽的『以局困人之道』明明是最強的……是最強的，老朽不可能輸，不可能輸——!!」

被崩壞中的世界一起吞噬的棋聖，不斷發出痛苦的嘶吼聲。

而居高臨下的我，先是注視著棋聖的末路，最後我搖搖頭，掉頭就走，身影慢慢在古戰場上遠去。

臨走前，對著身體被捲入崩壞漩渦裡的棋聖，我拋下最後一句話。

「懺悔吧……然後墮入輪迴。」

擊破「恐之欲」後，原本缺少紅色的七彩之界，再次減少紫色，離完全絕情的漆黑世界，又更加接近一步。

看看現實世界的時間，雖然依舊是清晨，可是太陽已經升到很高的地方。而且在視線極處，依稀可以看見有學生正在往這裡慢慢靠近，雖然人數不多，但這些學生多半是來察看情況並回報，是類似斥候的存在。

「已經被人發現，這裡的時間流速也越來越快……不妙。」

下一道試煉是「驚之欲」，橙色的橋與大河就在眼前，我迅速踏足其上。

「驚之欲」的世界成形後，周遭的景色與之前都不相同。

如果說在「怒之欲」世界裡，是車水馬龍與繁華；「恐之欲」就是金戈鐵馬和肅殺，而現在的「驚之欲」則是……

「恬靜自在，以及……淡雅。」

這個虛擬世界裡，是夜晚時分。

我所身處的地方，則是一間日式和室。榻榻米以及牆壁都是素淡的米色，照亮室內的不是俗氣的電燈，而是懸在室頂，散發柔和白光的燈籠。視線如果穿過紙拉門，可以看見外頭有一座帶著造景山石的小庭院，這庭院顯然是出自高手匠人的巧思——造景山石走勢的末端，可以見到有數道淙淙細水自山道流出，會合成較大的水流，然後順著半截削得平滑的竹身，流入養著金黃色鯉魚的池子裡。

再仔細一觀察，像是要配合周遭那樣，我身上也穿著藏青色的和服。

雖然環境看起來並不危險。不過……

「不過，為什麼我會出現在這裡？要怎麼樣才能通過『驚之欲』的試煉？」

就在納悶時，走廊那一側的紙拉門，忽然無聲無息地被人拉開。

有一名看起來與我年紀相仿的少年，臉上帶著些許慵懶，輕鬆自在地走了進來。

這個少年穿著和服，身材高䠷挺拔，長相無比俊秀，五官完美到近乎漂亮的程度，就連氣質也是出眾，常人看起來懶洋洋的普通表情，在他臉上出現時，居然給人一種雲淡風輕的出塵之感。

「——!!」

在看清對方模樣的瞬間，內心頓時掀起狂暴的驚濤，比起看到任何人都更驚訝。

——怪物君!!

為了復活幻櫻，被我視為最大對手的怪物君，居然出現在我的試煉裡。

怪物君的存在，彷彿就是「強大」以及「完美」的代名詞。他擁有一再超出系統評分上限的恐怖實力，令人為之驚嘆的聰慧，以及無法逆料行事的慵懶性格……既難以力敵，也無法擬策智取，可以說是完全沒有弱點。

眼前這個敵人，絕非棋聖、小秀策之流可比，所以一看清對方的模樣，身上代表著警戒的寒毛幾乎同時炸起。與此同時……雖然不知道能否見效，但是我下意識就想外放強者之意，來壓制這個恐怖的存在。

然而，就在我打算全力外放強者之意的瞬間——

「等等、等等!!我不是來打架的!!」

怪物君像是察覺到我的意圖，他趕緊開口吶喊。

聽到他的話，我一怔。

「那你來這裡做什麼？」

我發問。

也就在這時，稍微冷靜下來後，我才發覺怪物君的手上端著茶盤，盤子上有一壺茶與兩個杯子。

怪物君露出好看的微笑。

「來喝茶的。」

「？」

我疑惑地盯著怪物君。

步入房間後，怪物君把茶盤放在榻榻米上，接著他找了個坐墊坐下。

怪物君扔了一個坐墊給我，我接過。

「？？」

我萬分疑惑地盯著怪物君。

可是，進入房間後，忽然之間——怪物君像是發現了什麼，突然露出震驚的表情。

看到對方的表情，我大吃一驚，本來還以為終於要展開交戰，原先收斂的強者之意正準備激發，卻又接著聽到怪物君的發言。

「啊、這個房間裡居然沒有茶桌!!」

「？？？」

在進攻C高中時，以一敵百都能這麼冷靜的他，居然為了這種事……大驚小怪？

怪物君爬起身，朝走廊走去，走到一半時，他忽然回過頭。

「來幫忙吧。」

「……什麼？」

「來幫忙搬茶桌，不然我們怎麼喝茶呢？喝茶必須要有茶桌吧。」

以理所當然的態度，怪物君這麼向我解釋。

就算退一萬步來講，喝茶必須要有茶桌好了，我明明是來斬除「驚之欲」的，為什麼非得在這時候喝茶呢？但是看他那從容的態度，自然而然的語氣，總覺得如果把這句話問出口，格調上就輸了一籌。

自從這傢伙出現後，我始終一頭霧水。如果是漫畫人物的話，現在眼睛裡就會帶上大大的問號吧。

沉吟片刻，我跟著怪物君到儲藏室，兩人合力搬運茶桌回來，然後擺到和室的正中間。

這次我們正式坐下。

怪物君拿起茶壺，將我面前的茶杯斟滿。

「來，這可是好茶。」

那茶水是淡綠色的，不斷冒著氤氳熱氣，透過水面，可以看見裡頭有漂浮的茶葉梗。

「……」

我拿起茶杯，小小啜飲一口。

果然是好茶，入口溫和，香氣濃郁，喝完不久後，舌尖很快就湧起回甘的滋味。

「溫度對了，茶就會好喝。」

怪物君把雙手籠在和服的袖子中，正坐著對我解釋。說完，他也端起茶杯喝了一口，但他喝茶的動作比我漂亮許多，我像是喝水，他的動作才像品茶。

「……」

我沉默片刻，思考著現狀。

……在前兩個虛擬世界，都很快碰見了敵人，但在這裡，卻只碰到邀我喝茶的怪物君。

這樣不對，我必須要斬掉這個「驚之欲」的世界。

不過每個虛擬世界，似乎都有各自通過試煉的方式，必須找出對應的方法才行。第一個世界我可以用意念之刀去斬，第二個世界就必須打敗棋聖才能過關……以此類推，現在的這個世界，肯定也有對應的通關方法。

如果不明白，那就先發言試探。

於是，等雙方都喝完一輪茶後，我出口詢問。

「為何不戰？」

聽了我的問話，怪物君眉頭挑起，如此回答：

「為何要戰？喝喝茶，聊聊天，看看夜景，輕鬆地過活，這樣不行嗎？」

輕鬆地過活？不行啊，這個人的心態。我搖搖頭，打算糾正對方的態度。

「當然不行，因為……」

直視對方的雙眼，我燃起戰意。

「……強者相逢，唯有戰!!」

我從來沒有忘記過，怪物君曾展現過的王者之姿。昔日，在與Y高中進行的友誼戰裡，哪怕在虛擬的世界裡，怪物君因為遵守承諾，刻意讓我們擊敗，但是他直到遊戲中的生命值歸零之前，也始終端坐於王座之上，至死不退，至死都沒有絲毫動搖。

怪物君的強者之姿，那臨危不亂的風采，可謂天下無雙。

所以，我本來以為遭到挑釁，怪物君也會被激起怒火，可是……

可是，怪物君聞言，卻笑了。

「你騙人。」

「……我柳天雲從不騙人!!」

怪物君在這時露出思考的表情。

然後他提問：

「你認識輝夜姬吧？」

我一怔，根本沒料想到輝夜姬會在這時候被提起，但我確實認識，所以點點頭。

然後怪物君又問：

「輝夜姬與C高中，名義上是敵對狀態對吧？」

我又是一怔，只好再次點頭。

最後，怪物君笑著發問。

「輝夜姬也是強者，為什麼你沒有跟她打起來？根據我的情報，輝夜姬可是常常去C高中作客的。」

「……」

「你看，你說不出話來了。如果你可以跟輝夜姬和平相處，那為什麼看到我就喊殺喊打，非要彰顯你的實力，像是恨不得把我揍飛到宇宙去？」

怪物君的質問，居然句句在理，我一時變得無話可說。

接著他以拳頭敲擊另一隻手的手心，狀似想通了什麼。

「啊、是這樣對吧……因為輝夜姬是美少女？所以貪圖美色的你，不忍心下手？」

我搖搖頭。輝夜姬是我的朋友，所以我不能下手。哪怕知道走上「寫作之鬼」的道路，應該先踏過輝夜姬的屍體，後挑戰怪物君，這樣才能保證最大的勝算，但我還是無法選擇這條路。

要犧牲朋友，來換取自身的強大，我辦不到。

見到我鄭重的表情，怪物君緘默片刻後，終於也變得認真起來。

「其實，我知道你出現在此地的原因。」

「？」

怪物君……已經知道我在此地的原因？

我望向怪物君，等待他說出答案。

「這個世界是虛幻的對吧？就連我也是虛幻的，我是某種道具……某種試煉所製造出來，近似於分身或意識體的存在。」

「——!!」

在過去的「怒之欲」、「恐之欲」世界裡，從來沒有人能夠意識到自己只是虛幻的存在，只能遵循關卡的設計進行活動……而怪物君，明明身處局中，卻能直接道出這一切，而且這個怪物君不是本人，不過是虛幻的存在而已，居然就有這種恐怖的推斷力。

怪物君望著星空，緩緩開口。

「我能推測出來，是因為這個世界很奇怪。雖然乍看之下很像正常世界，但規則卻不正常。我總有種感覺，好像我一個動念，就可以斬掉整個世界那樣，可以輕易支配這個世界的生死……這只有在虛擬世界裡，才有可能辦到吧？

「再來，我現在沒辦法使出全部的實力。晶星人製造的道具，根本沒辦法限制我本人的發揮。綜上所述，很有可能，現在的我……只是晶星人的機器在有所極限的情況下，所造就的複製體。」

也就是說，這個名為「問心七橋」的道具，根本無法投影出怪物君本人的水平。

──如果連複製體都強到這個程度，那怪物君本人的實力，絕對已經到達一個恐怖的高度。

怪物君像是看出了我的訝然，他微微一笑。

「其實打從一開始，我就打著直接放你過關的主意，因為……」

他說到這，喝了一口茶，才繼續說下去。

「……因為，既然我是虛幻的，阻攔你，對我來說就沒有意義，而且很浪費體力。不如我們喝喝茶，交個朋友，然後這件事就這麼過去。」

聽完怪物君的話，我已經目瞪口呆。

他的意思，竟然要直接放我通關。

怪物君的坦蕩與瀟灑，簡直像從漫畫裡走出的白馬王子，就像潔白無瑕的美玉那樣，讓人無法想像世上會有這麼完美的人。

「……」

只不過，我必須承認，自己確實也被怪物君的誠實給打動，不再像起初那樣敵視他。

於是我如此發問：

「……這樣可以嗎？」

「為何不行？」

「……老實告訴你，通過你這道試煉，我就會變得更強。」

這句話的道出，等於已經承認我在祕密進行修煉，打算擊敗現實中他的本體。

我本來以為怪物君會追問細節，但他卻只是聳聳肩，接著繼續喝茶。

「那又如何？會比我強嗎？沒有人強得過本體的我。」

怪物君仰起杯身，將杯子裡的最後一口茶喝完。

等待我也喝完茶後，怪物君這麼笑著對我說：

「那麼……茶盡了，人也該散了。只要身為守關者的我不阻攔，你應該就可以斬掉這個世界，你走吧。去變得更強，然後挑戰本體的我。」

注視著怪物君的神色，體會著這個人的氣度之沉穩，我沉默許久後，點點頭，站到了庭院裡，放出強者之意，然後以意念化刀，再次召喚出足以斬斷世界的意念之刀。

隨著我雙掌合十，意念之刀狠狠落下，在整個「驚之欲」世界被徹底破壞的前幾秒，我對怪物君道出了一個問題。

我並沒有回過頭，而是面朝天空，見證著怪物君本來必須守護的「驚之欲」世界崩毀，同時靜靜地提問。

「你深信，自己已經是天下無敵，就不怕這樣子的高傲，讓你從雲端跌落……落入那象徵敗北的深淵嗎？」

聽完我的話，怪物君啞然失笑。

「就算遭到敗北的惡火纏身，就此從雲端跌落，那也是我必須背負的罪業，因為……」

在世界即將被斬成兩半前，怪物君的答覆悠悠傳來。

「不高傲……何以為王!!」

第八章 輝夜姬永恆訴願

隨著「驚之欲」世界的滅亡，我再次回到七彩世界內。現在七彩世界已經少去三種顏色，隨著「驚之欲」的橙色被抽離後，七種顏色裡，已經有將近一半變為死寂的黑。

也就是說，我已經斬去將近一半的情感。

怒……恐……驚……下一個情感是……

正當我要觀察下一次的試煉究竟是什麼情感時，七彩世界忽然響起過去在比賽裡聽過很多次的電子合成音。

「偵測到新的『困難』進入本世界，讀取記憶中……偵測到此『困難』契合『悲之欲』試煉程度為150%，嘗試取代試煉中……已取代，『悲之欲』試煉重置完成。

「請注意，由於有更適合的『困難』進入本世界，該『困難』已成為新的『悲之欲』試煉。」

……!!

我猛然回頭，透過區隔兩個世界的透明光膜，看見不知何時，清晨已經過去，太陽節節高升，海邊的沙灘上，竟然擠滿數十位圍觀的學生。

時間過去這麼久，C高中果然有人來了。來阻止我通過試煉，阻止我……斬掉情感!!

在這些學生的最前方，我看見風鈴以及沁芷柔都在，她們的表情充滿擔憂與焦急。

看到她們的表情，知道她們對我的在意，難以抑制的憂愁也隨之湧上。

「……不要過來。我這邊的世界，前方唯有黑暗，那黑暗太深，太濃，會將妳們潔白的翅膀也染得墨黑。

「涉足黑暗的人，有我一個……就足夠了。」

最後看了風鈴與沁芷柔一眼後，我腳步邁出，經過刻著「悲之欲」的石碑，踏足綠色的橋上。

「悲之欲」世界內，幻化的是C高中的校園。而且是晶星人已經降臨的C高中，孤零零地位於海島上，不曾被外人發現。

但是這個校園裡，沒有半個學生存在。

我在校園裡裡漫步而行，最後不知不覺照著平常的習慣，走到怪人社裡。

拉開怪人社教室的大門，裡面有一道穿著水手服的單薄身影，正背對著我作畫。此時一陣海風吹來，海風掀起窗簾，大片陽光鑽進教室裡，將那個人的身影沐浴在日光下——這時彷彿令人產生錯覺，是那個少女本身散發出光芒，耀眼到幾乎令人無法直視。

這個身影，我十分熟悉。

是雛雪，她手上拿著調色盤與畫筆，對著木製腳架上的白色畫布不斷塗塗畫畫。雛雪的繪畫速度很快，筆下逐漸勾勒出一個人的外貌。

「……」

我沉默地站在教室門口觀看雛雪畫畫，她並沒有回頭看我。我們就這樣一個看，一個畫，時間逐漸流逝。

當雛雪畫到一半時，我已經看出雛雪畫的人就是我。

……只不過，雛雪畫的這個我經過嚴重美化，俊美到幾乎與怪物君不相上下。除此之外，畫中人的眼神堅毅明亮，不帶半絲猶豫與陰影，也並不是此刻的我……所能擁有的眼神。

又過去許久，雛雪的畫終於完成。

這時雛雪終於回過頭，愛心眼輕輕地眨動，她輕聲向我發問。

「……畫得像嗎？」

她是問這幅畫，畫得像不像我。

我走近雛雪身邊，站在她旁邊，忍不住出口吐槽。

「畫得太帥了，我可沒有這麼帥！」

雛雪微微一笑，看看畫中的我，又看看實際的我。

「不……很相似哦，超級相似。雛雪眼中的學長，就是這個樣子的，帥氣，堅毅，眼神明亮……不會被任何事物擊垮，內心強大到可以拯救任何人。」

聽到雛雪的評語，內心閃過幻櫻的身影，我不禁黯然。

「不，我並不強大……而且，我連最重要的人都無法拯救，只能眼睜睜看著她逝去……什麼也辦不到，什麼也做不了，甚至為了爭取變強的機會，不得不放棄許多珍貴的事物……我的內心，其實十分脆弱。」

我每說出一句話，每坦承一次自己的弱小，內心就像被敲擊似地感到一股痛楚。

過去，我總是喜歡在怪人社的大家面前逞強，為了維持自以為是的「格調」，不想被人看輕，渴望獲取他人重視——所以我常常按著臉在大家面前大笑，哪怕被認為是瘋癲的怪人，也好過遭人看輕，被認為是弱小的一方。

對著一直渴望加以保護的雛雪，我本來希望在她面前永遠保持剛強，成為可靠的前輩——所以，在必須坦承自身「弱小」的此刻，內心才會痛到無以復加，除了強烈的悲哀，幾乎什麼也無法感受。

可是，現在的我，卻必須親口承認自己的弱小。

因為只有這樣，雛雪才會放棄我，才會認清我不值得她依靠。

雛雪歪著頭，處於第一人格狀態的她，用平靜的表情看向我，但她眼中的疑惑，卻無法被表情掩藏。

「……學長……很弱小？」

雛雪從畫畫用的椅子上慢慢爬下。專門的畫具都十分巨大，有些畫椅與畫架立起來甚至比人還高，所以嬌小的雛雪為了站到地上，花費不少功夫。

站到身旁的雛雪，她看看我黯然的表情，忽然露出微笑。

接著，雛雪忽然伸腳向畫架的腳架踢去，那畫架的高度至少有兩公尺，失去了平衡後，立刻傾斜、朝著雛雪當面壓下。

「——!!」

在愕然的此刻，我完全來不及細想，下意識就抱住雛雪，將她整個人攬在懷裡快速退後，避開轟然倒塌的畫架。

這一刻，我們呈現彼此環抱的姿勢。

「學長，就像剛剛那樣……」

被我抱在懷裡的雛雪，此時抬起臉孔，專注地看向我。

「……過去，雛雪已經孤獨了太久。對於雛雪來說，願意以內心的溫暖來拯救自己的學長，就是全天下最堅強、最勇敢的人。

「……沒有其他人可以取代學長，對於雛雪來說，學長是獨一無二的大英雄。」

說完這些話，雛雪忽然踮起腳尖，在我的臉頰上輕輕親吻。

透過臉頰，我可以感受到雛雪的吻的觸感。那觸感帶來強烈的溫暖，幾乎能融化人的內心。

感受到那溫暖，我不禁落下無聲的淚。

……因為，這不是應該踏入黑暗中的我，有資格承受的溫暖。

……我必須斬掉一切，滅盡所有，換取前所未有的強大。

「不要哭。雛雪還是比較喜歡那個有中二病，動不動哈哈大笑的學長。」

看到我掉淚，雛雪伸出手掌，溫柔地替我拭去眼淚。

接著，雛雪輕輕從我的懷裡掙脫，吃力地扶起了倒在地上的畫架，再次爬回座位上。

再次以背影對著我，雛雪陷入沉默中。

過了許久，她才終於開口：

「學長，請離開吧……請去下一關的試煉。」

我一怔，遲疑地看向雛雪。

「可是……」

「——沒有可是。學長你墮入黑暗，那黑暗中肯定也會有雛雪的身影，所以你不會孤單。就像你以自身的存在拯救雛雪那樣，這一次，雛雪也會陪伴著你……直到天涯海角。」

雛雪笑著看向我，然後指指我的臉頰。

「而且，學長，有了雛雪留下的小惡魔烙印，你想擺脫也擺脫不了了哦!!雛雪會黏著你、天天吵你、煩你，直到你再次抱著頭大叫，中二病發作，再次按著臉大笑為止。」

我一怔。

失去情感後，我明明就不會笑了。

可是，雛雪還是相信我會笑，至少會對著她笑。

她信任我，多過於信任「問心七橋」斬除情感的能力。

「……」

沉默許久後，我對著雛雪點點頭，表示我明白了。

接著，雛雪用她手中的畫筆，畫出了一扇光彩奪目的門。這門通往出口，通往破除這個「悲之欲」世界的彼岸。

「那麼……學長，再見。」

下次再見面時，我就不是現在的我了。

似乎明白了這點，雛雪在盡力壓抑著眼淚，並且這麼對我說：

「風鈴……芷柔……為了不讓學長失去情感，想必也會跟著踏進『問心七橋』，竭盡全力……阻止學長你吧。她們可不像雛雪這麼好說話。」

我點點頭，朝著代表出口的光門走去。

隨著步入那出口，我的身影也漸漸被光彩所吞沒。

「……——!!」

這時我忽然察覺雛雪似乎想開口說話，在轉身看去的瞬間……我看見，處於第一人格狀態下，本來應該面無表情的雛雪，此刻卻是滿臉不捨。她欲言又止，那無法被打破的沉默，代表著強烈的眷戀。

但最後雛雪還是開口了。替我送行的她，擠出了一個笑臉，但在那笑臉之上，此時覆蓋了兩行淚水。

流著眼淚的同時，注視著身影被強光淹沒的我，雛雪輕輕開口。

「學長，千萬不要忘了雛雪……不管怎麼樣，心裡都要留一個位置給雛雪……好嗎？」

「……!!」

我還來不及回答，出口的光芒忽然大盛，將我徹底吞沒。

隨著我從出口離開，「悲之欲」整個世界的存在，也跟著分崩離析。

七彩世界裡，也再次消失一項綠色。

雛雪……

我還沒有回答她的問題，沒有答應她的承諾。

而且，我還欠雛雪一個「絕對不生氣」的請求，直到現在，雛雪也沒有使用那個請求。

我轉頭看看現實世界，雛雪已經回到海邊。她與沁芷柔會合，對沁芷柔搖搖頭，大概是在示意沒有成功阻止我。

「……對不起。」

在失去「悲之欲」的情緒後，我失去感受悲傷的能力，內心的這部分，已經變得麻木不仁。

可是，僅存的「喜」、「憂」、「思」三樣情感，還是替我帶來了複雜的感受，讓我無法直視沁芷柔與雛雪，只能輕輕發出嘆息。

也在這時，七彩世界裡再次響起電子合成音。

「偵測到新的『困難』進入本世界，讀取記憶中……偵測到此『困難』契合『喜之欲』試煉程度為180%，嘗試取代試煉中……已取代，『喜之欲』試煉重置完成。

「請注意，由於有更適合的『困難』進入本世界，該『困難』已成為新的『喜之欲』試煉。」

……我閉目。

對於再次有人取代試煉，成為新的守關者，我並不意外。

因為，我剛剛在人群裡沒有看見風鈴。

……風鈴來了。

有生以來第一次，做為要打倒我、阻止我的對手，毅然決然地來了。

風鈴。

在我因封筆而退化的起初，毫無疑問，風鈴就是C高中裡的最強選手。

而歷經眾多月模擬戰，那許多的生死考驗，讓風鈴原本膽小的個性也得到了磨練。現在的她，已經是出類拔萃的輕小說家。

如果將小秀策與棋聖比喻為強者，那麼……此刻的風鈴，就是強者中的強者。風鈴已經走出自己的「道」，潛力無窮，隱有大家風範，這樣子的她，任何人都無法小看。

「……!!」

也正是因為太過瞭解風鈴，知曉對方的強，所以在踏入風鈴守關的「喜之欲」世界時，我才會如此謹慎，步步為營。

「喜之欲」世界裡的一切，全部都由雲朵所構成，在距離我數公里遠的地方，有一扇如山般龐大的雲朵之門。那雲朵之門散發著與之前雛雪畫出的門一樣的光芒，顯然只要進入那門裡，就算是我贏了。

通往雲朵之門的路上，數公里的遙遠距離全部布滿由雲朵構成的雲獸，這些雲獸至少數以千計，每一隻看起來都無比強大，並不是能輕忽以對的敵人。

身為守關者的風鈴，應該會躲得遠遠的，指揮這些雲獸來攻擊我。

果然，在雲朵之門的附近，風鈴坐在一隻巨大獅子雲獸的頭上。從這個距離我無法看清風鈴臉上的表情，可是我卻能感受到她擊敗我的決心。

一直以來，都對我百依百順的風鈴，為了阻止前輩墮落魔化，在這時向前輩發起了挑戰。

風鈴這時向我一指，有幾隻離我比較近的雲獸，立刻咆哮著向我撲來。

「……」

這些雲獸看起來一掌就能打碎小半座山，不可能依靠肉身抵擋這種怪物，於是在危急中，我立刻觀察周遭，看有沒有可以利用的東西……或者是道具。

果然，我在胸前找到一個小掛袋，袋子裡裝滿了卡片。

這些卡片上上面繪著生動的人物圖像，全部都是我過去寫過的輕小說裡的強大角色。

這些角色裡面，最可靠的無疑是那一位。

於是我以雙指夾出其中一張卡，向著天空亮出卡面。

「出來吧——大英雄——!!」

響應我的召喚，穿著漆黑甲冑，全身被黑焰所燃燒，扛著冒火大劍的大英雄，出現在這個「喜之欲」的虛擬世界內。

大概是為了與敵人呼應，這次的大英雄是一個二十幾公尺高的巨人，在這種等比例放大的情況下，他肩上的大劍更顯得驚人無比的龐大。

「替我開路，走!!」

我用卡片再次召喚出一隻會飛的坐騎後，就跟隨大英雄，一起向襲來的雲獸衝上。

——斬。

——斬、斬、斬!!

大英雄將所有的行動，都化為「斬」之行動，斬擊威力越來越大，硬生生在雲獸群中劈開了一條道路。如果從遠處觀看，大英雄的攻勢如同利矛般插入雲獸堆裡，那移動速度如同電閃，隨著大英雄的經過與斬擊，許多雲獸從半空中墜落，就像下起了一場雲獸雨。

一路打，一路砍。

一路砍，一路殺。

雖然時間短暫，但因為戰鬥場面太過驚心動魄，使得體感上，這條道路變得相當漫長。不知道殺掉多少雲獸後，我們終於抵達風鈴面前。

風鈴站在一隻獅子雲獸的頭上，這雲獸太大，散發的威勢也非同尋常，明顯是雲獸之王。此刻，這獅子雲獸拍騰著翅膀，對我們發出掀起風浪的咆哮。

此時普通雲獸大約還剩下三分之一，在獅子雲獸的吼聲下，眼看就要一起撲上圍攻。

可是，此時風鈴忽然舉起了手，中斷所有雲獸的動作。

獅子雲獸眼睛一轉，似乎理解了風鈴的意思，低下頭顱，慢慢朝著我們飛來。

於是，風鈴離我們越來越近……越來越近，最後已經拉至可以對話的距離。

「前輩，風鈴來了。」

在我的前方不遠處，風鈴溫柔地看著我。

「……果然，前輩很厲害呢，風鈴阻止不了前輩。

「那麼，如果前輩一定要通過這裡，還請讓風鈴……替您送行。

「但是，就算通過了這裡……甚至通過了所有考驗，也請不要忘記風鈴，不要忘記與怪人社的大家……所經歷的一切。這樣子的話，就算暫時失去了情感，那些過往的回憶，也可以成為您的救贖……您最後的希望。」

最後，風鈴對我尊敬地低下頭，目送我離去。

「過往的回憶……嗎？」

細細咀嚼風鈴的話，體會著其中的深意，不禁令人默然。這默然，是來自過往的惆悵。

「……」

將風鈴的話都牢牢記住後，我閉目，內心也湧上無與倫比的感激。

平常一向最尊敬我的風鈴，卻被迫與我敵對，恐怕風鈴內心的掙扎與痛苦，一點也不亞於我。

但風鈴還是來了，在拚搏過後，在掙扎與痛苦中確認自己的無能為力，確認自己已經盡力，才放我過去，並對我留下期許與盼望。

對於這樣的風鈴，我沉默許久，最後只能道出一句話。

「……謝謝。」

在風鈴的送行中，我從雲朵之門通過，身影消失無蹤。

擊破「喜之欲」世界後，黃色也跟著消失。

現在七彩世界已經有些名不副實，因為除了靛色與藍色之外，其他顏色都被空洞的墨黑所取代。

那比任何顏色都深沉的墨黑，從其中，已經隱隱約約……可以窺見情感將被滅除的未來。

「剩下『憂之欲』以及『思之欲』了……」

此時看看被拋在身後的那些橋，「喜」、「怒」、「驚」、「恐」、「悲」，這五座橋梁與五條河流，也都已經被墨黑取代。那象徵著敗亡後的腐朽之意，也說明這一路走來的慘烈。

我轉過頭，看看現實世界的模樣。

「……」

色彩正常的現實世界，現在看起來是如此令人嚮往，那裡有著代表光明的未來。但是我不能涉足那光明，因為那與黑暗之路相悖，不是「無我之道」擁有者能奢求的幸福。

從「問心七橋」離開後的風鈴，在海灘上與雛雪會合，剛剛還在人群中心的沁芷柔，則是不見蹤影。

「沁芷柔……」

我早就明白，既然風鈴與雛雪都來阻止我了，沁芷柔不可能不來。可以說，我這次走進「問心七橋」的行徑，無異於與整個怪人社為敵。

話說，整個怪人社……嗎？

直到現在，依舊遲遲不見桓紫音老師的身影。

現在海邊的人越來越多，幾乎半數的學生都已經擠在海邊，身為領導者的桓紫音老師，應該早就已經收到消息，知道我在闖「問心七橋」。

雖然不知道實力到底高深到了什麼境界，但是論起輕小說實力，桓紫音老師的強，那是毋庸置疑。

就算是已經變得極為強大、能夠外散強者之意的此刻，我依舊不敢誇下海口，說自己肯定能戰勝桓紫音老師。

「桓紫音老師，妳會來阻止我嗎……

「會來阻止……相當於已經斷絕師生關係的我嗎……」

想到這裡，就感到胸口發悶。

就在這時，七彩世界裡再度響起熟悉的系統合成音。

「偵測到新的『困難』進入本世界，讀取記憶中……偵測到此『困難』契合『憂之欲』試煉程度為200%，嘗試取代試煉中……已取代，『憂之欲』試煉重置完成。「請注意，由於有更適合的『困難』進入本世界，該『困難』已成為新的『憂之欲』試煉。」

……這次的敵人是沁芷柔，還是桓紫音老師？

我不清楚對手哪一位，但是如果可以的話，我一輩子都不想與她們像這樣拚上一切……進行信念與信念的捉對廝殺。

在嘆息的同時，我踏上代表「憂之欲」世界的橋梁。

在「憂之欲」世界裡，我與沁芷柔相遇。

似乎將我的行為理解為自暴自棄，沁芷柔看起來很生氣，甚至都不想跟我說話，但是她還是使出全力，打算在這裡擊敗我，讓我回到怪人社。

比賽地點是圖書館的自修室，必須寫出一萬字的短篇輕小說由系統評分，分數高者得勝。

圖書館裡本來就很安靜，在各自埋頭苦寫輕小說好一陣子後，沁芷柔忽然抬起頭，第一次開口說話。

「……其實本小姐早就猜到了。」

「什麼？」

我一怔，跟著抬起頭。

沁芷柔轉著手上的筆，一臉不滿地看向我。

「從小時候堆沙堡那件事之後，我就知道柳天雲你是一個『個性彆扭到近乎扭曲』的傢伙。所以之前我與其他人一起去圖書館找你時，從你那自以為是的語氣裡，本小姐就知道你肯定想幹蠢事……又想斬斷一切，靠自己一個人背負所有。」

「……」

沁芷柔沒說錯，我確實從那時候開始，就想靠自己一個人背負所有。

原來如此……當初在圖書館裡，站在書架旁邊的沁芷柔，會露出若有所思的表情，就是這個原因。

或許最早認識我的沁芷柔，也是對我瞭解最深的人。雖然平常看起來又傲嬌又任性，可是沁芷柔其實是個想法很細膩、內心很容易受傷的人。

為了避免受傷，沁芷柔總是會背地裡多加考慮，所以她猜到了……我可能會採取的行動。

「……對不起。」

我對沁芷柔低頭道歉。

今天，我好像一直在說對不起。哪怕我因為各種情緒消失，遭到麻木的內心已經幾乎無法體會情感，但還是必須說。

「笨蛋、笨蛋、大笨蛋!!不要說對不起……!!」

一邊說著，沁芷柔忽然哭了。

她的眼淚滴在稿紙上，暈開了白色的紙面。

「……如果感到抱歉的話，就多向我們坦承，多跟我們商量……哪怕只有一點點也好，把你背負的東西……轉交給我們呀……吶，你有聽見嗎？柳天雲……!!吶——!!」

「……」

哪怕僅存「憂」與「思」這兩種情感，在看到沁芷柔的眼淚，聽見她的哭聲時，我依舊感到無比心痛。

……對不起。

真的對不起。

那心痛，除了來自對於沁芷柔的愧疚之外，也來自對於未來的預見之景。

很有可能，在斬除剩下兩種情緒之後，哪怕看到現在的沁芷柔，我的內心也不會有絲毫波動，即使轉身就走，也不會有任何心理負擔。

——為了那個絕情的自己，沁芷柔她們肯定會落下更多眼淚吧。

——沁芷柔她們肯定會受到更多傷害吧。

可是，如果是為了拯救她們，保證讓所有人都能夠活下來……我卻不得不這樣傷害大家，傷害自己最珍視的夥伴。

……溫柔是一把雙面刃，既傷己也傷人。

為了拯救幻櫻，與拯救大家，我必須走完「問心七橋」。哪怕犧牲自己也無所謂，這樣子，至少大家都能活下來，這是我所能給予眾人的……最後的溫柔。

一萬字的短篇輕小說，很快完成了。

在系統的評斷時間中，過去將近半小時後，屏住氣息等待結果的沁芷柔，與默默站在一旁的我，終於等來了結果。

「選手沁芷柔……得分為一百分!!」

在滿分為一百分的比賽中，沁芷柔直接拿下滿分。

而系統宣布我的評分時，則有些斷斷續續，最後才終於拼湊出完整話語。

「臨……界……突破……系統評分為……一百七十……分……已收錄至……究極輕小說收藏庫，已預備……印刷呈至女皇面前……」

一百七十分……嗎？

斬掉諸多情感後，現在的我已經變得太過強大。在比賽之前，我也不知道自己有多強，經過比較客觀的系統評斷後，才有大概的瞭解。

現在的我，終於與幻櫻、怪物君以及輝夜姬一樣……都可以突破系統評分上限。

但是，在此時，我也注意到沁芷柔的努力。她拿到了滿分。

如果少數幾名強者沒有出現，沁芷柔的實力恐怕已經可以橫掃六大校。她的強，來自這一年來的辛勤與努力；如果是剛從封筆時期復出不久的我，肯定也會被此時的沁芷柔打得一敗塗地。

我抬起手，看向剛剛握筆寫作的手掌。

「很強了……我已經變得很強了……」

換句話說，離拯救幻櫻……又更近了一步。離C高中的存活……也更近了一步。

「……」

一旁的沁芷柔，在瞭解自己輸給我之後，雙腿一軟，坐倒在圖書館的地上。

然後她開始哭了起來，我從來沒有見她哭得這麼傷心過。

但是，我很快明白過來，沁芷柔並不是因為敗北而哭，而是因為在這麼關鍵的時刻，卻無法阻攔我……感到傷心欲絕。

比賽結束後，通往出口的光門也跟著出現。

我看著沁芷柔，內心有所不忍。過了良久……良久……好不容易才勉強自己移動腳步，邁向代表勝利的光門。

但是我才剛跨出一步，在這時候，沁芷柔帶著哭腔的聲音從後面傳來。

「柳天雲……!!不要放棄情感……你不是最喜歡寫作了嗎？

「這麼多年來，我從小時候開始，其實一直都偷偷關注著你，在你無數次踏上那充滿鎂光燈的頒獎臺時，人家一次次……一回回，都在底下親眼見證……沒有一次錯過……

「在接觸寫作的一切時，你所散發的光輝，那自靈魂中展現的光采，彷彿都在說著：『我就是為此而生，為此而活，為此而存在……。』

「……所以，我比任何人都清楚，寫作對於這樣子的你來說，究竟有著什麼樣的意義。」

為了阻止我繼續前進，繼續斬掉情感……沁芷柔已經不顧一切，甚至連小時候不斷追隨著我，到達各處比賽場地的祕密也親口說出。

我駐足不動，沒有回過頭，靜靜聽著沁芷柔的話語。

沁芷柔帶著濃濃鼻音的聲音繼續傳來：

「如果走上那條路，捨棄自己的道，你就再也無法進步了……不是嗎？

「踏上那樣子的未來，踏上於寫作的世界裡註定沉淪的『道』……你將會很痛苦、很痛苦，痛苦到隨時都會發狂，因為你的生存意義已經消失，你的一切的一切……都將停留在斬掉所有情感的那一刻，使你麻木的內心再也無法銘刻新的人事物。」

聞言，我沉默許久。

她說的都是實話。

有時候，話語越是真實，帶來的真相也越是殘酷。

但我只是微微搖頭，接著轉過身，朝著沁芷柔走去。

沁芷柔依舊坐倒在地上哭泣，我摸摸她柔軟的金色長髮。

對於沁芷柔剛剛的一切自白，我有好好回應的義務，於是我輕聲開口回答。

「……沁芷柔，我記得妳一開始參加類似的比賽時，甚至只有四十分而已，分數真的很低。」

「!!」

聽我批評她過去拿到的成績，沁芷柔愕然，驚訝到連眼淚都忽然停下。

我溫柔地望著沁芷柔，看著她碧色的雙目。我眼中的她，漸漸與初次會面時，那個一臉倔強、卻不懈地練習堆沙堡的小沁芷柔重疊。

「……雖然一開始只有四十分……可是，妳現在可以拿到一百分了。是滿分，滿分喔。進步這麼大，就連身為天才的我，都忍不住要佩服妳了。」

說到這，我頓了一頓。

「也就是說，妳的潛力是無窮的，遲早有一天，妳會比現在的我……還要強，強上很多，強到我難以望其項背為止，所以──

「──所以，請妳不要哭泣，代替原本的我，繼續把這條道路走完。」

再次摸摸沁芷柔的頭後，我轉過身，面朝出口的方向走去。

沁芷柔又哭了。

但是這一次，她沒有再叫我留步。

在從光門離開的前一刻，像是在說給沁芷柔聽，又是在堅定自己的信念，我極輕極輕地道出最後一句話。

「再會了，我人生中的第一個……摯友啊。」

費盡心力，終於消滅六種情感。

除了「思之欲」之外，其餘試煉都已經斬除，現在只剩下最後……但恐怕也是最難的一關。

因為觀察海邊，桓紫音老師一直沒有出現。沁芷柔也回到海邊，她依舊在啜泣，風鈴與雛雪雖然眼眶也紅了，但依舊安慰著沁芷柔。

「……那麼。」

我本來準備在桓紫音老師出現前，就搶先走到「思之欲」的橋梁上，但這時系統的合成音竟然更早一步響起，

「偵測到新的『困難』進入本世界，讀取記憶中……偵測到此『困難』契合『思之欲』試煉程度為40%，嘗試取代試煉中……取代失敗，『思之欲』試煉維持原狀。」

取代失敗了？在有人嘗試取代「思之欲」時，原本的橋會變得虛幻，無法踏足。我只好坐在地上，猜測著這個闖入者是誰，一邊等待橋身復原。

「偵測到新的『困難』進入本世界，讀取記憶中……偵測到此『困難』契合『思之欲』試煉程度為40%，嘗試取代試煉中……取代失敗，『思之欲』試煉維持原狀。」

「偵測到新的『困難』進入本世界，讀取記憶中……偵測到此『困難』契合『思之欲』試煉程度為40％，嘗試取代試煉中……取代失敗，『思之欲』試煉維持原狀。」

從契合程度看起來，應該都是同一個人造成的結果。

這個闖入者一直不肯放棄，不斷重複進入，嘗試著要取代成為「思之欲」守關者。

因為「問心七橋」在現實中是個數百公尺大小的巨型光團，從任何地方都可以進入……我能看見的現實世界的範圍又相當有限，所以看不見到底闖入者是誰。

但是，在這個闖入者第四次試圖闖入時，忽然系統合成音的臺詞，產生新的變化。

「偵測到新的『困難』進入本世界，讀取記憶中……偵測到此『困難』契合『思之欲』試煉程度為40％，嘗試取代試煉中……取代失敗，『思之欲』試煉維持原狀。

「由於讀取記憶過於頻繁，對進入者負擔過大……進入者已昏厥……生命指數診斷：『中度危險』。啟動安全機制，將進入者緊急排除，送離本世界。」

生命指數「中度危險」嗎……那個不斷嘗試闖入的人……為了成為思之欲的守關者，竟然努力到這種程度，哪怕自己受傷也在所不惜……

不知道這個受傷的人，究竟是誰……

正在思索時，因為沒人再嘗試闖入七彩世界，所以「思之欲」的橋梁終於凝實，變得可以踏足其上。

我趕緊爬起身來，大步走去，但是正要跨步踏上橋面時，橋身忽然又變得虛幻，如果不是及時後仰坐倒，我就跌入了河裡。

「偵測到新的『困難』進入本世界，讀取記憶中……偵測到此『困難』契合『思之欲』試煉程度為5000％，嘗試取代試煉中……已取代，『思之欲』試煉重置完成。」

「請注意，由於有更適合的『困難』進入本世界，該『困難』已成為新的『思之欲』試煉。」

我還來不及意識過來，新出現的闖入者，就已經成為了新的「困難」，變成試煉的守關者。

而且，這個守關者的契合度有5000％，這個高到嚇人的指數，不知道是怎麼回事。

契合度應該跟輕小說實力無關，風鈴比沁芷柔要強一點，但契合度卻比沁芷柔低……這個契合度，指的應該是……在這個「斬情」的試煉裡，適合讓我做為對手的人。

而這個人有5000％……難道代表說，擊敗這個人的話，我能斬去的情，跨越的坎，比之前的六關加起來，都還要多很多……？

我實在想不出來，是什麼樣的試煉，什麼樣的守關者，才值得5000％的契合度。

「算了……總之先去看看吧。」

將多餘的念頭甩出腦海，我終於踏足最後一關——「思之欲」的橋面上。

「思之欲」的世界內……

霧，是濃霧。

河，是大河。

在一條寬廣無比的大河上，有著濃厚已極的白霧。這霧讓河面上的能見度極差，即使不算是伸手不見五指，也相差無幾。

此時的我，正乘在一條巨大的船上，在湍急的水流中順流而下。

如果仔細觀察這條船，會發現船頭有一具體型魁梧的稻草人。稻草人手上拿著一把彷彿鐵石鑄造的大弓，弓弦看起來也極具韌性。只是這稻草人空有大弓，手頭卻沒有箭矢，也不知道設立在船頭有何意義。

「這一關的試煉，通過條件到底是什麼……」

我四處張望，暫時沒有任何發現。這條船就只是順流而下，沖呀沖的，前方除了濃霧之外什麼也看不見。

「難道水面下有暗礁，需要我操控船隻避開？」

我探頭出船外，朝下觀察。但這河的水質相當清澈，可以看到平整水底，別說暗礁了，連比較大的石頭也沒兩塊。

既然找不出答案，那我也懶得繼續煩惱。

「……算了，先順其自然吧。」

無聊地等待變化出現，我偶爾回頭看看現實世界。現實世界裡的海邊，人潮越來越多，怪人社的成員也被人群擋住，我看不見她們。

靠在一個木桶上休息，時間又過了大概半個小時後，情況終於出現變化。

不知道為什麼，明明船一直在順流而動，可是四周的景色一直沒有改變。

再仔細一觀察，我不禁感到好奇。

「這條船……被困在河中間了？」

明明水流越來越湍急，船也時時順著水勢顛簸起伏，但這條船竟然就這麼停在河中間，像被黏住一樣不再前進。如果不是看到落葉在水面上飛快被沖走，我會以為無法前進是正常的。

然而。

也就在這時，那前方的遙遠河道裡，忽然有嘩啦啦的水聲從濃霧中傳來。

有物體在破水而來，那物體太大，就算在這樣子的濃霧中，我依舊可以大致上辨認它的輪廓。

那是一條船，外表與我的船完全一樣，甚至船頭上也有持弓稻草人。兩艘船就像一個模子印出來的那樣，相似度接近百分之百。

但是最神奇的是，我原本是順流而下，但對面那艘船竟然也是順流而下，一條河上竟然有兩種截然相反的流向，簡直是不可思議。

只是，對面那艘船在行駛到距離我大約七百公尺的河面時，也像忽然被黏住那樣，被迫在河面上停住不動。

因為霧太濃，距離也太遠的關係，我看不清對面的船上有沒有站人。

不過，既然身為挑戰者的我在船上，那相對的，「思之欲」的守關者應該就會在另一艘船上。

緊接著，自遙遠的天空上，傳來系統的合成音。

「現在即將進行決戰規則的說明，請注意……現在即將進行決戰規則的說明，請注意……

「此地為『心之河』，雙方『心』的距離越遙遠，彼此船隻的距離也會越遙遠；反之，心的距離越近，彼此也會越接近。

「雙方選手，使用系統發放的道具『速思稿紙』與『速寫鋼筆』，將獲得一千倍的思考速度與書寫速度。

「選手每寫完萬字以上的輕小說，就可以兌換『指令』，『指令』能指揮船隻行動。船隻可以聽從的指令有以下四種：『向左閃避』、『向右閃避』、『填裝箭矢』、『發射箭矢』。

「請使用『填裝箭矢』指令，讓船頭的稻草人獲得箭矢，並使用『發射箭矢』指令，將對方的船隻擊沉。

「只要擊沉對方的船隻，就可以成為勝利者。

「附註說明：用高品質的輕小說交換的『指令』，攻擊威力會增加，閃避動作也會變快。」

——!!

規則雖然講解費時，但理解起來卻很容易。

——也就是說，必須撰寫輕小說才能指揮船隻。只要利用船頭的稻草人，射箭擊沉對方的船，這樣就是贏家。

這次的比賽規則不止新奇，而且出人意料。除了輕小說家必需的水準要高之外，還必須有戰術性地運用指令，才有可能擊敗對方。

因為，寫出輕小說獲得指令後，除了「填裝箭矢」與「發射箭矢」這種攻擊向的選擇，還有「向左閃避」以及「向右閃避」這種防禦向的選擇可以走。

再仔細想想，如果指令下的時間恰當，用閃避指令躲掉對方的攻擊，這樣不是很划算嗎？因為對方要射出箭矢，必須要先填裝箭矢，也就是說，攻擊方至少需要花費兩個指令，而防禦方只需要一個指令而已。

如果將每個指令視為一篇輕小說，那防禦方如果閃掉一次攻擊，至少就等於領先寫一篇輕小說的時間。

可是必須擊沉對方的船才算贏家，一味挨打，也無法抓住勝機。

比賽開始後，天空中降下一疊厚厚的稿紙與一枝鋼筆。

抓緊時間，我立刻開始寫作。因為這是晶星人的特殊道具「速思稿紙」與「速寫鋼筆」，能獲得一千倍的寫作效率。

雖然剛開始有點不習慣，不過隨著一張張稿紙被寫滿，在我的面前，一篇短篇輕小說逐漸成形。

就在這篇輕小說，寫完將近五分之四的時候，這是我卻看見了一道白光，一道很強的白光。

這道白光，是從正對面傳來的。

「？」

我甚至都還來不及思考，那道光就在眨眼間，逼近了我乘坐的船隻。

「**轟——!!**」

伴隨著巨型砲彈打入水面般的恐怖聲響，離船隻不遠處的水面，立刻濺起了至少七、八層樓高的波浪，那波浪太大，甚至形成短暫的波潮，差點將我沖下船隻。

「——什麼!?」

在那道光落入水面的瞬間，我看清那是一支……散發出強烈白光的箭矢。

我在船上爬來爬去，狼狽地撿起散亂的稿紙與鋼筆。幸好這稿紙是晶星人的道具，不會被浪打溼。

可是——

「這怎麼可能——!!

「我連一篇輕小說都還沒寫完，對面就已經射來了箭矢……換句話說，對方至少完成了兩篇輕小說……

「而且，對方的箭矢威力也大到離譜……如果剛剛命中我的船隻，哪怕只是擦到船尾……恐怕這艘船就會被立刻擊沉!!」

很有可能，剛剛對方是因為河面上水潮起伏，船隻晃動才不小心射偏的。

在已經斬去六種情緒的此刻，我已經是空前強大。

就連在與沁芷柔比賽時，我也能突破系統評分限制，拿到一百七十分的超高評價。

可是，面對這樣子的敵人，很顯然——

——很顯然，我現階段所擁有的強大，在對方面前不足以自傲。

「是誰？我的對手到底是誰……居然強大到這個地步？這個人在自己的寫作之道上，恐怕已經走出太遠太遠……這是常人永遠難以想像的……極致之強!!」

面臨這樣的對手，如果「恐之欲」尚未被消滅的話，現在我的背上的寒毛，大概會一口氣全部炸起吧。

數百公尺外的對面船隻上，濃霧中正隱藏著強大至極的對手。這個人的真實身分，大概是……

……大概，對面船上的敵人是桓紫音老師。

因為現在的C高中，除了實力不明的桓紫音老師，已經不存在這種強大的輕小說家。

「……必須快點完成輕小說，否則只能不斷挨打!!」

我迅速提筆，把第一篇輕小說完成。

我沒有第一時間把作品兌換成「指令」，而是先提筆寫第二篇作品。

就在第二篇輕小說寫到一半時，自那濃霧中，對面的河面忽然又有白光閃動。

「兌換『向左閃避』——!!」

幾乎是嘶吼地喊出兌換「指令」，在我以極高質量的輕小說交換「指令」的情況下，整艘船幾乎就像憑空瞬移那樣，橫移到距離三十公尺的河面上。

「轟——!!」

散發白光的箭矢，再次於河面上炸起，激起滔天波浪。

哪怕「驚之欲」已經失去，看到這個景象，我依舊瞳孔凝縮。

對方幾乎是以我的一倍速在撰寫輕小說，而且寫出來的質量，甚至還要超過我。

對方的強大，已經讓我預見敗北前兆的可能性。

已經是近乎掙扎。

「不能輸……我絕對不能輸!!我要斬掉這個世界，斬掉……『思之欲』!!」

為了抵抗前方霧裡那神祕而強大的敵人，在使盡全力寫作的同時，我原本內斂的強者之意，已經控制不住，在這一刻盡數外放。

然而……

就在我外放強者之意的瞬間——

對面的敵人，竟然也跟著釋放出強者之意。

……起風了。

在雙方的強者之意綻放、彼此碰撞後，寬廣的河面上狂風大起。兩股方向相反的勁風，朝著彼此狠狠衝撞，在互相牽制、抵銷後，刮面如刀的氣流四下流竄……流竄，最後纏繞形成狂烈的龍捲風!!

隨著不斷吸收逆沖的氣流而變得更加強大，這龍捲風滿是越來越膨脹的狂態，已經在雙方船隻中央的河面處，捲起大量的河水，外圍更是環繞著大量白色濃霧。

又過去不到三十秒，龍捲風已經茁壯、龐大到難以仰望，那體積幾乎直捲上天、沖向雲霄!!

——如同一頭由氣流、水花、霧氣共同構成的龐大惡獸!!那白色濃霧就是它的鎧甲，抱持將萬物絞殺殆盡的絕意，在河道中久久不散。

逆著龍捲風激起的狂風與水浪，我拚命睜大雙眼。

「這是什麼等級的意念強度……!!怪物君雖然強，但對於勝利，卻沒有這種等級的執著……這個神祕的對手，很想戰勝我——非常想戰勝我——我可以辨別出，對方的強者之意中，那種打死不退的信念與決意!!

「可是，就算是這樣——」

我以前所未有的最高速度，不斷動筆寫作。因為太過快速，鋼筆在稿紙上舞成一道黑影，幾乎已經看不清原狀。

「就算是這樣——我柳天雲也不能敗!!因為即使是暫時的也好，我也必須攀上寫作頂峰，成就天下無敵之勢!!」

說到這裡，我已經寫完兩篇輕小說。

然後，我接連兌換「填裝箭矢」與「發射箭矢」這兩種指令。

「給我全力發射——!!」

在奮力的吼聲中，船頭的稻草人彎起了手臂，拉開那張鐵石大弓。一支黑色的箭矢，憑空在弓弦上凝聚成形，箭尾被稻草人捏在兩指中間。

緊接著，黑色的箭光……悍然炸出!!

「……向右閃避。」

在我命令稻草人射出箭的瞬間，我依稀聽見對面的船上，傳來這樣的嗓音。

那嗓音，似乎是女聲。

但是，因為河面上充滿了龍捲風的咆哮聲、波浪落在河面上的聲音，以及雙方強者之意互相激起的氣流聲，那聲音傳到這裡已經變得極度模糊，我無法辨別對方到底是不是桓紫音老師。

可是……那聲音……那語氣，給我一種很熟悉的感覺。

很熟悉……

很熟悉……

熟悉到哪怕各式各樣的情緒都被滅除的現在，都湧起了強烈的心痛。

「為何……我會如此心痛……」

「苦……痛……傷……悲……明明應該已經斬掉的情感，為什麼會在此時重新湧出……」

我不明白。

可是，為了拯救幻櫻，為了讓大家都能活下去，我不能手下留情。

「——戰!!」

為了堅定自己的戰意，我近乎拚命地大吼。

雙方的戰鬥，已經持續整整三個小時。

根本無法細數自己已經撰寫多少篇輕小說，我只知道，自己到了最後，只是不斷寫作、發射箭矢，又或者閃避，與對方陷入膠著與僵持中。

兩名輕小說家，一旦被拖入持久戰，這時比較的就是意志力與體力，勝出的無疑是更能苦撐的那一方。

「變弱了……」

在戰鬥三個小時後，因為強者之意持續與對方碰撞，我敏銳地察覺到對手的衰弱。

「就像不斷在衰弱下去那樣，不知為何……敵人一直在變弱……」

「不管是外散的強者之意，又或是指揮箭矢射來的威力，都在不斷下降……」

「……擁有這種實力的輕小說家，應該早就歷經地獄般的無數苦練，不應該只有三個小時的寫作耐力……奇怪……真的好奇怪……」

「桓紫音老師……難道不習慣長期的寫作戰鬥？」

如果說，三個小時前的對手，擁有此刻的我難以企及的強者之意，與快到無法想像的寫作速度……那現在的這個她，頂多就是與我持平而已。

雖然我也相當疲憊……不過，如果對方按照這個速度衰弱下去，遲早我可以獲勝。

察覺到自己的勝機，發現通往勝利的道路——此時的我，注視著對方那已經變得千瘡百孔的船隻。

對方所乘的船隻，雖然隱身在龍捲風激起的漫天水花與掩蓋真相的迷霧之中，但在我一再以箭矢擊打下，漸漸也有了傷勢。

我的船身雖然也是傷痕累累，但是都不是致命傷，而且我已經整整一個小時沒有中彈過了。

「再這樣持續下去——能贏!!絕對能贏!!」

產生如此想法的同時，我幾乎是下意識的，把戰局拖入持久戰裡。

隔著河面，雙方的箭矢就這樣在河面上不斷來回激射。

時間不斷流逝，很快又過去三個小時。

總決戰時間來到六小時後，對方的強者之意已經大幅度衰弱，有一種精力嚴重透支的前兆。

戰到了這種地步，我的贏面已經很明顯。就像圍棋中已經圈起大半領土的黑棋那樣，完全是勝券在握。

如果是在圍棋賽中，現在的對方已經有如只剩下一小塊領地卻始終奮力死戰的白棋那樣，就算守住了那領地，也不可能贏了。

經過這麼長的時間，我可以感受到對方那強烈的疲憊，而且虛弱之意也越來越明顯。

「對面的神祕強者啊……妳為什麼還不肯認輸……

「就算強大如妳……已經衰弱到了這種地步，不可能戰勝我的。」

隔著遙遠的河面，我知道對手聽不見我的話。

體悟到對方的執著，我由衷地感到敬佩。

戰。

激戰。

在漫長無比的激戰來到整整十個小時後，對方的實力已經衰退到谷底。

即使連小秀策之流的輕小說家，都可以在此時輕易擊敗她。

我不明白對手為何堅持……為何不退，但必須斬除「思之欲」的我，在這個世界滅除之前，都不能停手。

而且，隨著對方實力下降，她寫出來交換「指令」的輕小說質量明顯也越來越差。因為對方射擊的威力變得相當微小，甚至連凝聚出箭矢這種最簡單的事，都需要花費大量時間。

「……」

這時，龍捲風又捲起一波水浪，那水浪潑在我的身上、臉上，遮蔽了我的視線。

我伸手想抹去臉上的水。

但是，臉上的水不知為何，怎麼抹也抹不完。

我一怔，仔細辨認，才發現臉上原來全都是淚水。

……悲哀的淚水。

「為何……早已斬掉『悲之欲』的我……還會哭泣，還會感到……悲哀。

「為何……在察覺對方的衰弱，狠下心來打擊對方時，我會這麼痛苦……彷彿內心深處已經被『斬情』所麻木的某處地方……因為傷得太深太重，劇烈的痛苦超越了麻木，不斷掙扎著浮現……」

在最後的幾小時內，這樣子的痛苦不斷出現。

就連握著鋼筆的手都在發抖。

就像我的身體、我的某種直覺，已經預知到某種恐懼即將來臨那樣，我無法停止身體的發顫。

偶爾一個恍惚，我甚至看見河面上依稀出現了「過去的我」與「未來的我」的幻影，像是在旁觀苦苦掙扎的我那樣，他們的臉上帶著微妙的嘲弄之意。

「過去的我」與「未來的我」的存在，早在之前被我斬除，於此地出現的，只是殘像般的存在罷了。

只是，如果是心智不夠堅毅的輕小說家，看見這樣的殘像，面臨這樣的恐懼，恐怕早就逃跑了吧。

「……」

可是，我必須贏。

「樹先生，花開了呢。」

哪怕是只為了幻櫻死亡前，她勉強笑著說出的這一句話，我也必須拿下勝利。

——所以，明明手不斷顫抖，每個字寫下時都像在石頭上刻字那樣艱難，我還是一個字一個字繼續寫下去。

「……」

足足十個小時的激烈交火，在這段時間內，我已經領悟出操控船隻的新方式。

如果一口氣使用五個「填裝箭矢」的指令，就可以凝聚出五倍大小的箭矢，威力當然也是五倍。

只不過，這樣強大的箭矢，也需要五個「發射箭矢」來催動。

「……三十倍。」

經過實驗與仔細計算，只要能發射出三十倍的箭矢威力，就能覆蓋整條河面。因為船隻只能左右閃避，所以無法避開這種大範圍的打擊，這是必中、也是必勝的箭矢。

而經過漫長的累積，我已經存到六十發指令，可以發射出超越想像……至今為止最恐怖的一擊。

「那麼……開始吧，邁向勝利。」

我沉默片刻後，發言。

「填裝箭矢．三十倍!!

「成形吧……闇之雷箭!!」

黑色的光芒，化為點點粒子，在稻草人手上的弓弦之間，緩緩成形。

在成形的過程中，那箭矢如同引入雷電般不斷劈啪作響，箭身上也燃燒起紫黑色的狂焰，帶著如同要將整個世界一箭橫穿的氣勢，終於化為闇之雷箭。

而在我凝聚闇之雷箭的過程中，對方半傾斜船隻上的船頭上的稻草人，也在凝聚著象徵「填裝箭矢」的微弱白光。

相較於我方稻草人那龐大的紫黑色光芒，對方的白色光芒，弱小到幾乎可以忽視不計。

然而，面臨如此絕望的實力差距，對方卻沒有放棄。執拗、頑固、充滿堅持地，慢慢將小小的箭矢凝聚出來。

「……」

……明白。

看到對方的攻勢，我很明白，就算我不出手攻擊，對手很有可能也已經快要無法堅持了。

可是，我不能賭上那微小的失敗可能性。

所以——

所以，我嘆了口氣，往前輕輕揮手，道出了審判勝負的最後話語。

「發射箭矢．三十倍!!」

聞言，稻草人將鐵石鑄造的大弓拉滿。弓弦上，威力無比驚人的「闇之雷箭」，眼看就要射出。

此時，已經不用我喊出「射擊」這兩字，稻草人就會自動自發地將箭矢朝敵方射去。這是無法迴避、無法逃脫的致命一箭。

但是，因為戰鬥中已經喊習慣「射擊」來提振自己的士氣，所以我還是習慣性地想要說出口。

「射……」

然而。

然而……就在這一瞬間，已經勝券在握的我，心神稍微有了鬆懈。

在那鬆懈之下，足足十個小時沒有餘裕回頭看向現實世界的我，稍微回頭瞄了一眼。

也就是這一眼，彷彿凍結了我全身的血液。

「……——!!」

看向現實世界，那依舊擠滿學生的海灘上……我的嘴巴漸漸張大，眼神裡也充斥無法置信的驚恐。

這一切，都是被剝奪情緒的我，不該擁有的反應。

可是，彷彿自生與死的封印裡衝出那樣，所有的情緒，「喜」、「怒」、「憂」、「驚」、「恐」、「悲」，都在這一刻重新回到我的身上，化為一把把利劍，朝我的意識深處狠狠刺下，造成幾乎令人無法忍耐的劇痛。

而造就這一切的原因——

是因為我在沙灘上，看見了「那個人」。
於夕陽的餘暉下，雛雪、風鈴、沁芷柔，怪人社的成員們攙扶著一名擁有黑色長髮的女性，她的雙眼是異色瞳，一紅一黑，此時身體搖搖晃晃，正吃力地站著。
——**桓紫音老師!!**
桓紫音老師……她人在「問心七橋」的外面，並沒有成為守關者——!!
明白這點的瞬間，我的內心一片冰涼。
以完全無法面對現實的驚恐，我極慢極慢地轉過頭去。此時，船頭的稻草人弓弦已經拉滿，眼看就要射出「闇之雷箭」，徹底終結對手。
我的視線穿過濃霧，看向對面那破破爛爛的船隻。
「難道說……我的對手是……」
我已經明白答案。
但我不願接受那答案，因為我知道，揭曉答案必須付出多大的代價。
「——!!不可能，絕對不可能，妳不應該在這裡，不應該付出這麼大的代價……與我為敵!!」
但是，逐漸明瞭事實的意識裡，在此時浮現一首歌謠。
那是一名天真無邪的少女，在初見面時，與我勾著小指，所唱的歌謠。
「打勾勾～～說謊的話就要吞一千根針～～約定好囉～～!!
「打勾勾～～騙人的話就要吞一千根針～～約定好囉～～!!

「打勾勾～違約的話就要吞一千根針～約定好囉～!!」

——!!

輝夜姬。

我的對手……毫無疑問，是輝夜姬!!

而輝夜姬，她最大的弱點是……

……如果持續動用全力寫作，她就會死。

因為健康不佳，輝夜姬如果持續動用全力寫作，耗盡心血後……就會力竭身亡。

早在過去那一次次的血與火的夢境裡，未來的我踏上「寫作之鬼」的道路。在那可能的未來裡，殺遍了整座A高中，也殺死了輝夜姬無數次。

那些夢境裡，輝夜姬每一次的死因，都是為了阻止走錯路的我……才會在苦戰之後，失去寶貴的生命。

而現在……

我即使沒有走上「寫作之鬼」的道路，但是輝夜姬依舊來了：以朋友的身分，以怪人社的一員……不惜一切……來阻止走上錯路的我。

直到現在，我才明白過去這十個小時裡，與對方交戰時，為何會感到心死神傷……為何……會流下無法抑制的淚水。

因為，輝夜姬是拚命付出所有，付出一切努力……去阻止我的愚行。

因為，輝夜姬所燃燒的，已經不單是寫作的意志；伴隨著一起燃燒的，還包含她的生命。

「不……不……不不不不不！！！」

明白一切後，望著即將射出「闇之雷箭」的稻草人弓箭手，我發出痛苦的呼喊。

「停下來——給我停下來，不要出手，不要射擊！！！！」

可是，稻草人並不會接收「停止射擊」這項命令，因為指令裡並沒有這一項。

於是，在我絕望無比的視線中，「闇之雷箭」呼嘯而出。

轟——————！！！！！！！

河面上，炸起了帶著無數船隻殘骸的浪潮。

闇之雷箭的威力實在太大，不光炸碎了對方的船隻，也將始終在河中央盤旋的龍捲風炸散……更將一直以來盤踞在此地的濃厚白霧，驅逐至遙遠的彼方。

透過變得清朗的視線，我看見遠處，穿著和服的輝夜姬趴在一塊比較大的船隻殘骸上，身影一動不動。

輝夜姬的身體上，正散發出點點白光。這景象很眼熟……令人悲痛欲絕的記憶，也隨之不停湧上。

「輝夜姬——!!」

就在看清輝夜姬身影的瞬間，我的船隻忽然動了。

這是「心之河」，只有當雙方的心接近時，雙方的距離才會跟著接近。

船隻在河面上慢慢行駛，等到距離輝夜姬十分接近時，我直接跳進河裡，朝著輝夜姬的方向游過去。

在冰冷的河水中，不斷被帶走身體的暖意……但是這樣子的冰冷，完全無法與內心的寒意相比。

因為……輝夜姬此時身上散發出的白光，與幻櫻死前因存在之力耗盡的離世方式……一模一樣。

或許在六校之戰裡，每個死者都會這樣子化為光芒離去，我不明白真相。現在的我，只知道拚命游動，對抗著輝夜姬那邊河流的激流，在逆流中拚命游上。

因為船隻的殘骸也是船的一部分，所以不會被河水沖走。

喘著大氣，最後的最後，我終於爬到輝夜姬伏著的那一塊船隻殘骸上。

顫抖著身軀，我向輝夜姬爬去，慢慢將輝夜姬轉過身，抱在懷裡。

像是感受到我的懷抱，輝夜姬的眼皮慢慢睜開，用有些無神的雙眼看向我。

「……柳天雲……大人……咳、咳咳……」

她的嘴角滿是鮮血，才剛發言說話，又馬上咳出一口血。

輝夜姬身上散出的白光越來越多，那是她身體消失形成的白光。此時，輝夜姬

腳踝以下的部分，已經消失不見，

渾身顫抖的我，有千言萬語想問，但又不知從何問起。

沉默片刻後，我如此開口：

「為什麼？」

為什麼來救我？

為什麼……不惜犧牲自己的生命，也要阻止我踏上「無我之道」？

太多的問題，但最後我只能問出這樣子的一句「為什麼」。

輝夜姬微微一笑，像是在死前，想把我所有的形貌都徹底記憶下來那樣。她勉強睜大自己的眼睛，眼眸裡倒映著我滿是淚水的臉孔。

「……為了守護大義，所以妾身來了，僅此而已。」

輝夜姬輕輕說：

「妾身……從柳天雲那裡已經得到了太多太多……幽居於高塔之上的妾身，只知道讀書的妾身……進入怪人社後，所體會到的東西……是連火鼠裘、玉樹枝、龍首之玉、佛缽之石……這些寶物，都無法取代的珍貴情感。

「喜歡獨自承擔一切的柳天雲大人，一定是為了守護大家……才打算走上錯誤的『道』吧。

「可是妾身很瞭解。瞭解的……比您想像中還要多很多……

「因為，往往在看向妾身時，除了友誼之外，您的眼神深處也藏著痛苦，帶著掙扎……

「思考過後，妾身大概猜到了真相……您……不願意殺死妾身……不願意剷除A高中，換取獲勝的最大可能性……為此痛苦掙扎，為此黯然神傷……對嗎？

「會陷入這樣的痛苦中，肯定是像傻瓜……一樣的柳天雲大人，又打算獨自承擔所有，想要連妾身一起守護吧……因為妾身也是『大家』的一分子，也是怪人社的一員……

「妾身也明白，如果走上那條……已經註定終點是絕情道路……柳天雲大人一定會終身悶悶不樂，一定會痛苦到幾乎發狂……因為對於寫作，對於原先的『本心之道』，是您看得比性命還要重要的事物……不是嗎？

「所以了……面對這樣子的柳天雲大人……妾身……也會守護您的一切，守護您視若珍寶的『本心之道』……」

輝夜姬的語氣雖然很輕很淡，帶著似水般的溫柔，但其中卻蘊含著令人無法輕忽的決心。

那溫柔的聲音，一直響到了我的內心最深處，擊碎了原本由寒冰所構成的內心世界。

「……——!!」

……她早就猜到了。

輝夜姬早就猜到，我不願意殺死她，藉此換取獲勝的最大保證。

「……」

吃力地抬起纖細的手掌，輝夜姬慢慢抹去我臉上的眼淚。

輝夜姬的溫柔，反而使我眼中的淚水越流越多，越流越快。

這時以緩慢的語調，輝夜姬再次開口。

「柳天雲……大人……再告訴您一個……祕密……」

「什麼？」

「火鼠裘、玉樹枝、龍首之玉、佛鉢之石……一般來說，如果是輝夜姬的話……會考驗追求者，要求取來這些東西……沒錯吧？但是，最近妾身開始認真考慮……如果是柳天雲大人您的話……或許不需要這些東西……也沒關係……因為……妾身對您……」

說到這，輝夜姬開始猛烈咳嗽。她的身體已經消失到了腰部，眼看就要徹底消散。

像是已經放盡一切氣力這樣，輝夜姬一動也不動地躺著，眼中的光采也逐漸消失。

「風……月……」

輝夜姬在喃喃低語，她似乎因為傷勢過重，已經有些精神恍惚，我必須低下頭，才能聽清她的說話。

仔細辨認輝夜姬的話，我聽出了，她是在回憶著與我初見面時的場景。

當時，第一次來到C高中的輝夜姬，因為體力不佳，但卻堅持要自己上樓去找桓紫音老師，鬧出了不少笑話。

輝夜姬用非常小心的動作，抓著和服下襬，跨上了第一級階梯。

當時的我，見狀一愣。

「那個，妳剛剛不是說自己爬樓梯會暈倒嗎？」

「確實如柳天雲大人所言。除了搭乘電梯之外，妾身有生以來的最高紀錄是爬了兩層樓之高——」

聽到這裡，我忍不住鬆口氣，在心裡想：原來能爬兩層樓啊！這樣中途稍微進行休息的話，也就能爬到頂樓了吧？

但是，輝夜姬接下來的話語，卻打破了我美好的想像。

「——但是，那一次爬了兩層樓之後，妾身差點死掉。」

在身體消散到腰部範圍時，如同迴光返照般，輝夜姬忽然再次清醒。

她看向我，開口央求：

「柳天雲……大人……妾身守護了身為友人的大義……卻沒有守護……身為A高中領導者的大義……妾身……不能再保護自己的子民了……所以拜託您……求求您……連A高中那些孩子一起拯救……求求您……」

我沉默。

直到死前，輝夜姬也沒有忘記A高中那些尊敬地稱她為「公主大人」的子民。

我無法拒絕這樣子的輝夜姬，於是點點頭，表示A高中那些學生，我也會一起保護。

「您……願意……嗎……這樣……啊……太……好……了……」

隨著身體消失到肚臍部分，輝夜姬的話聲，越來越斷斷續續，幾乎已經無法說出完整的句子。

在這一刻，輝夜姬消散的光點，彷彿勾勒出過去的一幕幕場景。

剛加入怪人社時，始終認為自己不算怪人社真正成員輝夜姬，在當時曾經這麼說：

「妾身也能算是怪人社的一員嗎？雖然之前桓紫音大人已經承認吾是『怪人社的盟友』，也歡迎妾身隨時過來……但妾身一直以為……自己終究只是個旁聽的外人……」

當時的桓紫音老師，托住輝夜姬的腋下，把她高高舉起，惹得輝夜姬哇哇大叫。

假裝生氣的桓紫音老師，當時這麼回覆：

「汝……早就是怪人社的成員之一了，不是嗎？跟大家一起吃飯、一起上課、一起玩耍、一起吵鬧、一起談笑——汝擁有的，與其他社員一模一樣，為什麼汝沒有自覺呢？」

抬起頭，看向頭頂上的桓紫音老師，輝夜姬的眼中充滿無法置信。

她慢慢複誦著桓紫音老師的話語。

「妾身……早就是怪人社的一員了……？」

就像害怕一切都是作夢那樣，那聲音中還充滿疑惑。

桓紫音老師將輝夜姬放下，終於實現落地願望的她，卻一動也不動，陷入沉默中。

困惑。

不解。

……以及茫然失措。

被如此複雜的情緒所附體，輝夜姬怔住了。

這一切的遲疑，彷彿都來自她長久以來的煩惱——來自A高中的輝夜姬，得到認同的可能性究竟有多低，大概沒有人比她更清楚。

所以，在乍然得到如此巨大的認同感時，平常如公主般，總是努力保持著形象的輝夜姬……也陷入難以自制的失態。

「怪人社的一員嗎……？這樣子的妾身……？」

而這句話，在得到大家的肯定答覆後，當時的輝夜姬腿一軟，以迥異於平常正坐的散亂姿勢跪倒在地……流下一行又一行的眼淚。

「能成為怪人社的一員……」

在最後的最後，一邊流著眼淚，輝夜姬朝所有人低下頭顱，以帶著哭腔的聲調，回以充滿感激的話語。

「……妾身，不勝榮幸！」

記憶不斷湧上。

可是，越是溫暖的記憶，此時帶來的痛苦也越是巨大。

「……」

「……——!!」

我拚命忍住眼淚，既然輝夜姬不想看我落淚，那我就要忍住。

代表輝夜姬的光點不斷消散……消散……穿透那濃厚的霧氣……一直逸散到整片天空裡。

沉默了許久，在最後的最後，雙眼裡盡是白茫茫死氣的輝夜姬，拚命維持著意識，用她僅存的力量，對我問出一句話。

「柳天……雲……大人……妾身……送您的……和服……您還……留著嗎？」

當初輝夜姬幾乎是日夜趕工，織出一件男性和服，將和服做為友誼的見證送給我。

……在輝夜姬問出這句話的瞬間，我被勾起許多回憶。

曾經，在血與火的夢境裡，未來成為「寫作之鬼」的那個我，在踏上城堡頂端，殺死輝夜姬之後，夢裡的輝夜姬……在死前，也曾經這樣問過我：「妾身送您的那件和服……您……還留著嗎？」

當時那個未曾被拯救，已經斬除所有情感的我，如此回答：「為了變強，我早已捨棄多餘的累贅。」

然而，現在，彷彿重現當時的場景般……一樣的生離死別，一樣純真的輝夜姬，向我問出一模一樣的問題。

但是，這一次的我，回答卻有所不同。

帶著無法抑制的哭腔，我向輝夜姬坦承自己的真實心意。

「……妳送我的和服，是我最珍貴的寶物。」

在聽見我的回答後，輝夜姬眼中代表死亡的白芒，有一瞬間消散，變得如昔日般清澈。

「是嗎……太好……了……」

緘默片刻後，輝夜姬眼中，再次被霧濛濛的白芒死氣所籠罩。

自那眼神裡，已經快要看不見代表「生」的色彩。

「柳……天雲……大人？您……還在……嗎？」

明明與我近在咫尺，輝夜姬卻如此發問。

我一怔，但隨即明白過來，輝夜姬已經看不見了。

輝夜姬伸出手，慢慢摸向我的臉頰，確定我在後，她才露出微笑。

大概是透過觸覺，感受到我臉上的淚痕，輝夜姬輕輕開口：

「請……不要……哭泣……妾身……並不會真正消失……

「因為當一個人……被世人……被整個世界所遺忘的時候……才是真正死去……真正消失的時候……」

輝夜姬說到這裡，呼吸開始急促起來。

她原本觸摸我臉頰的手慢慢滑下，手臂已經無力維持，隨即手臂也化為光點，消散在空氣中。

但即使如此，輝夜姬還是堅持著開口，繼續把話說完。

「妾身並不會……真正消失……因為……

「因為妾身……今日的榮光……將化為您明日的皇冠之影……

「妾身將化為逝去的影……守護您……與您同在……只要您偶爾……偶爾願意記起妾身，那妾身……就會一直存在……

「您……明白嗎？」

我答應了輝夜姬。

「……」

也就是在這時，輝夜姬的身體已經消失到鎖骨部位。

輝夜姬被白芒徹底覆蓋的雙眼，在聽到我的答覆後，終於緩慢、安心地閉起。

「柳天雲……大人……請記住……只有能正視自己……珍惜自己的人……才能……珍惜他人……所以……」

留下了一句未說完的話。

然後，輝夜姬的身軀徹底消散，她在世上的痕跡再也不存絲毫。

在河面晃動的船隻殘骸上，我靜靜地發愣。

輝夜姬……已經不在了。她死了，連存在都徹底消亡。

「……」

發愣中的我，慢慢想起很多事。

當初，晶星人女皇最後一次來C高中時，是輝夜姬挺身而出。

站在晶星人女皇面前，輝夜姬向晶星人女皇說，我與輝夜姬是朋友。

那時，聽完輝夜姬的答案，晶星人女皇笑了，笑到彎下了腰，甚至都笑到流出眼淚。

然後她這麼說：

「嘎哈哈……嘎哈哈哈哈哈～～吶、坦白告訴妳吧。本女皇很肯定、非常肯定，這個名為柳天雲的男人……在得知真相後，為了彌補『過去』的遺憾，肯定會選擇殺了妳，踏平A高中，踩著妳的屍體，去獲取足以填補空虛的願望。

「然後，妳現在跟我說，你們是『朋友』!?嘻嘻嘻……嘻哈哈哈哈～～!!別笑死人了，這種比扮家家酒還要脆弱、還要虛偽的友情遊戲，真虧你們有那種羞恥心去玩要！哈哈哈……哈哈哈哈……」

對面晶星人女皇莫名其妙的大笑、詭異的言語，當時輝夜姬搖搖頭，態度堅決。

「柳天雲大人不是那種人，也沒有理由做那種事，妾身深深相信這點。」

「……」

那無數次的血與火夢境，以及晶星人女皇大概是透過未來得知的消息，都在預示我會親手殺死輝夜姬，踏過她的屍體，藉此獲取強大的實力。

正是因為明白這點，所以在這一次的時間線，遭到眾人的友情救贖之後，我一直極力避免與輝夜姬戰鬥。

然而，我並沒有料到……

我想要守護輝夜姬……可是同樣的，輝夜姬也想要守護我。她付出生命做為代價，避免我踏上錯誤的道路。

——在「現在」這條時間線，輝夜姬依舊死去了。

就像時間線收束所產生的「必然」那樣，我又一次看著輝夜姬死在我的面前。

時間線收束的「必然」，也導致了桓紫音老師無法進入「問心七橋」裡，成為「思之欲」的守關者。只有40％契合度的老師，在經過多次嘗試後，受傷昏厥了過去，使收到通知趕來C高中的輝夜姬被迫出戰。因為只有輝夜姬……才擁有阻止我的強大實力。

也在這時，我才終於明白，畢業旅行裡於「九九九九神社」裡抽到的「大凶詩籤」，詩籤隱藏在表象下的真正含意。

記得那籤詩上，載有四句詩句，以直行的方式排列。由右至左，四句分別是「親蓋萬重樓」、「佳人霧中行」、「猝遇雲中箭」、「前塵逸如煙」，而最下面的詩句註解，則只有短短兩字……「遭叛」。

當時大家都解讀錯了……錯了。其實這凶籤，早已暗示出輝夜姬的未來。

「親蓋萬重樓」，指的是輝夜姬從陌生到熟悉，一步一步接近怪人社，與大家……與我，建立起無法割捨的羈絆。

「佳人霧中行」，指的是「思之欲」中的霧中之戰，那幾乎伸手不見五指的濃霧，遮擋了真相。

「猝遇雲中箭」，這個雲指的是柳天雲……箭，指的是殺死輝夜姬的闇黑雷箭。

「前塵逸如煙」，是在說明輝夜姬將會帶著過往的回憶，化為光點，如同煙塵般消散。

當時沒有人懂，現在我懂了，卻來不及了。

被時間線收束所影響，命運早已註定，不管是未來的我，或是過去的我，又或是現在的我……無論哪個我，都將親手殺死輝夜姬，背負殺死友人的罪孽。

輕輕摸著輝夜姬曾經伏在其上的船板，我沉默不語。

眼淚流個不停，內心有許許多多情緒，也在這時一口氣湧出。

……對於愚行的悔恨。

……友人離世的悲哀。

……責怪自己的憤怒。

……對怪人社的憂思。

有太多太多想法，但這些想法，最後都漸漸匯集成流，集結出嶄新的想法。

「？」

就在這時，我忽然有所疑惑，除了「思之欲」之外，其他情緒我應該都斬掉了，為什麼……內心還會湧出這麼多想法？

注視著輝夜姬曾經躺下的地方，我思考了很久很久，慢慢明白輝夜姬拯救我的用意。

……道。

大概，輝夜姬是看出了我內心的「本心之道」已經碎裂，再也無法圓滿。

她也看出了，我已經透過晶星人的道具，斬掉大多數情感。

只有身為極強者的輝夜姬，才能看出這些。

所以，她在拯救我的「本心之道」之餘，也想一併治癒我的情感。所以明明可以在傷重後就撤退的她，卻選擇拚死到底，打算用生命的覺悟，將我心中已經快要熄滅的情感之火……再次點燃。

「輝夜姬……明明比任何人都還脆弱的妳……卻反而想要拯救所有事物。就連我的情感，妳也想要拯救嗎？」

「……——!!」

明白輝夜姬的苦心，我緊緊咬著下脣，再次不斷落淚。

那淚水，正是保有情感的最佳佐證。

「柳天雲……大人……請記住……只有能正視自己……珍惜自己的人……才能……珍惜他人……所以……」

輝夜姬在死前沒有說完的話，我明白了。

只有正視自己，珍惜自己的人，才能珍惜他人……所以，不要走錯誤的路，不要捨棄自己曾經視若珍寶的道心……與情感。

徹底明悟輝夜姬的言中之意，我再也忍耐不住，趴在船板上嚎啕大哭。

哭聲傳得很遠……很遠……在霧氣又開始慢慢聚合的河面上，也不斷激起回音。

輝夜姬以她的死亡換來的是什麼，我很明白。

——如果說，幻櫻的死亡，是使我的「本心之道」碎裂的主因的話……

——那麼，輝夜姬的死亡，就填補了「本心之道」的裂痕。輝夜姬用同等的生命重量，用同樣沉重的代價，使「本心之道」有了痊癒，有了全新的未來。

所以，在「本心之道」得到痊癒的此刻，我原先的道已經徹底壓過虛妄的「無我之道」，失去的情感才會一一回歸，讓我重新感受到喜、怒、憂、思、驚、恐、悲這七種情感所帶來的世界。

雖然擁有這七種情感的世界，未必會永遠美好，但只要還留存希望，這個世界……就永遠不會成為七種顏色被滅盡的墨黑。

哭了許久、許久……感受著自己失而復得的「本心之道」，在那極度的哀傷中，我也漸漸明白了未來自己應該做的事。

「願望……我要取得願望……我會復活妳，輝夜姬。我柳天雲……一定會復活妳。這一次，我會讓妳開開心心地笑著，然後憑藉自己的意志，想寫多少輕小說，就寫多少輕小說，不用再受到病痛的折磨……

「只是，這一次我會靠著『本心之道』往前走，不斷變強……變強，強到足以拯救大家為止。

「——妳的訴願，妳死前沒有說完的請求，都會在我身上得到實現。所以——」

所以，輝夜姬……請妳等我。

等到……我強到足以擊敗任何人，跨越那生死界線，與妳再次會面之日。

「……」

決定一切後，我慢慢從船的殘骸上爬起身。

眼淚也逐漸收起，映著清澈的水面，我看到自己的眼神，變得無比堅毅。

「今後，我不會再有所猶豫，喜、怒、憂、思、驚、恐、悲，這七種情感，每一樣我都不會捨棄……

「但是現在，我依舊要斬!!」

「我要斬掉這個七彩世界，斬掉這條錯誤的道路，成為我邁往未來的……第一步!!」

我雙手合十。

久未湧動的「本心之道」，開始在內心深處迅速流動，並激發出我一生中最凌厲的強者之意。

一把虛幻的意念之刀成形，這刀太大，突破了「思之欲」的世界，伸到了七彩世界裡，懸在兩個世界上方後，終於一口氣斬下。

在虛擬世界破碎的震動中，通往現實世界的裂縫，也跟著出現。

與七彩世界裡那虛假的繽紛不同，現實世界擁有的，是能代表人們情感的真實色彩。

「幻櫻……輝夜姬……等我。」

邁步往現實世界走去，我明白距離最終一戰，已經剩下不到一個月的時間。

在我的腳步邁動過程，那意念之刀繼續落下，七彩世界與「思之欲」世界徹底崩毀。

「妾身並不會真正消失……

「因為……妾身今日的榮光，將化為您明日的皇冠之影……」

輝夜姬死前的說話，那彷彿足以化為言靈的話語，逐一掠過我的心頭。

與此同時，在那七彩世界天崩地裂的毀滅中……背對留下太多回憶的心傷之地，邁向外界的我，在淚流滿面的同時也道出堅定的發言。

「我必定會得到願望，換取……通往復活之路的資格!!」

後記

大家好，我是甜咖啡。

看完《有病10》這集後，肯定有許多讀者急著打開FB，想私訊甜咖啡的個人帳號或粉絲團，怒喊：「——呃哇啊！！！！!!甜咖啡老賊！！！!!還我輝夜姬！！！！還我老婆！！！！！」

諸如此類。

但是，請各位別緊張，就像過去多次敘述的那樣，咖啡是一名治癒系作家，所以寫出來的作品，也肯定是治癒的。至少我很確定，《有病》系列的結局走向，大家一定會喜歡。

散播笑容與愉悅，是咖啡的寫作理念，所以大家可以不用擔心哦。

那麼，再來聊聊柳天雲與輝夜姬。

輝夜姬是我很喜歡的角色，自從加入怪人社後，出場的次數越來越多，已經變成固定班底之一。

正因為輝夜姬的善良與純真，加上柳天雲自己的改變，才合力扭轉了原本存在的未來走向——也就是存在於柳天雲那無數次的「血與火」怪夢裡的殘酷未來。

在這個「血與火」的未來裡，沒有人得到救贖。柳天雲化為寫作之鬼，輝夜姬無法守護自己的子民貫徹大義。

可是，在幻櫻帶來的一系列影響下，未來被改變了。雖然因為時間線收束的緣故，輝夜姬依舊死去，可是換來的，卻是「光」依舊留存的世界。

那光，來自原本伸手不見五指的黑暗之中，顯得無比耀眼的希望之火。

與「血與火」的未來相比，柳天雲與輝夜姬即使依舊悲傷，眼中看見的東西、內心體悟到的東西，卻有所不同。

在那嶄新的未來走向裡，輝夜姬成功守護自己的子民，而柳天雲也沒有化為鬼——最重要的是，柳天雲與輝夜姬，在這次的時間線裡成為了摯友。

正是因為這份難能可貴的友情，輝夜姬臨終前有關「和服」的提問，兩個柳天雲才會給出兩種答案。

雖然因為這份友情，輝夜姬的逝去也讓柳天雲更加痛苦。可是……如果所謂的「希望」，真的如火焰般溫暖，那麼，這就是將火焰擁進懷中之人，必須償付的代價吧。

談到這裡，後記也到了尾聲。

再重申一次，咖啡是一名治癒系作家，保證會帶給大家滿意、有趣的結局，所以不用因為喜歡的角色而擔憂懊惱，可以安心繼續觀看。

大家的購買與支持，是咖啡能將《在座有病》系列往後推展的主因，如果可以的話，今後也請繼續支持我，謝謝。

那麼，我們下一集再見。

浮文字

在座寫輕小說的各位，全都有病 10

著　　者／甜咖啡
榮譽發行人／黃鎮隆
總　經　理／陳君平
協　　理／洪琇菁
總　編　輯／呂尚燁
封面插畫／手刀葉
美術總監／沙雲佩
美術編輯／李政儀
執行編輯／曾鈺淳
企劃宣傳／楊玉如、洪國瑋
國際版權／黃令歡、梁名儀
內文排版／謝青秀

出　　版／城邦文化事業股份有限公司 尖端出版
台北市中山區民生東路二段一四一號十樓
電話：（〇二）二五〇〇七六〇〇
傳真：（〇二）二五〇〇二六八三
E-mail：7novels@mail2.spp.com.tw

發　　行／英屬蓋曼群島商家庭傳媒股份有限公司城邦分公司 尖端出版
台北市中山區民生東路二段一四一號十樓
電話：（〇二）二五〇〇—七六〇〇（代表號）
傳真：（〇二）二五〇〇—一九七九

中彰投以北經銷／楨彥有限公司（含宜花東）
電話：（〇二）八九一九—三三六九
傳真：（〇二）八九一四—五五二四

雲嘉經銷／智豐圖書股份有限公司 嘉義公司
電話：（〇五）二三三—三八五二
傳真：（〇五）二三三—三八六三

南部經銷／智豐圖書股份有限公司 高雄公司
電話：（〇七）三七三—〇〇七九
傳真：（〇七）三七三—〇〇八七

一代匯集／香港九龍旺角塘尾道六十四號龍駒企業大廈十樓B&D室
電話：（八五二）二七八三—八一〇二
傳真：（八五二）二七八二—一五二九

馬新經銷／城邦（馬新）出版集團Cite (M) Sdn. Bhd.
E-mail：cite@cite.com.my

法律顧問／王子文律師 元禾法律事務所
台北市羅斯福路三段三十七號十五樓

二〇一九年一月一版一刷
二〇二一年十月一版三刷

■中文版■

郵購注意事項：
1.填妥劃撥單資料：帳號：50003021戶名：英屬蓋曼群島商家庭傳媒(股)公司城邦分公司。2.通信欄內註明訂購書名與冊數。3.劃撥金額低於500元，請加附掛號郵資50元。如劃撥日起 10～14日，仍未收到書時，請洽劃撥組。劃撥專線TEL：(03)312-4212 ・ FAX：(03)322-4621。E-mail：marketing@spp.com.tw

國家圖書館出版品預行編目資料

在座寫輕小說的各位，全都有病10 / 甜咖啡 作.
--初版. --臺北市：尖端出版, 2019.01
冊 ; 公分
ISBN 978-957-10-8435-0(平裝)

857.7 106002403